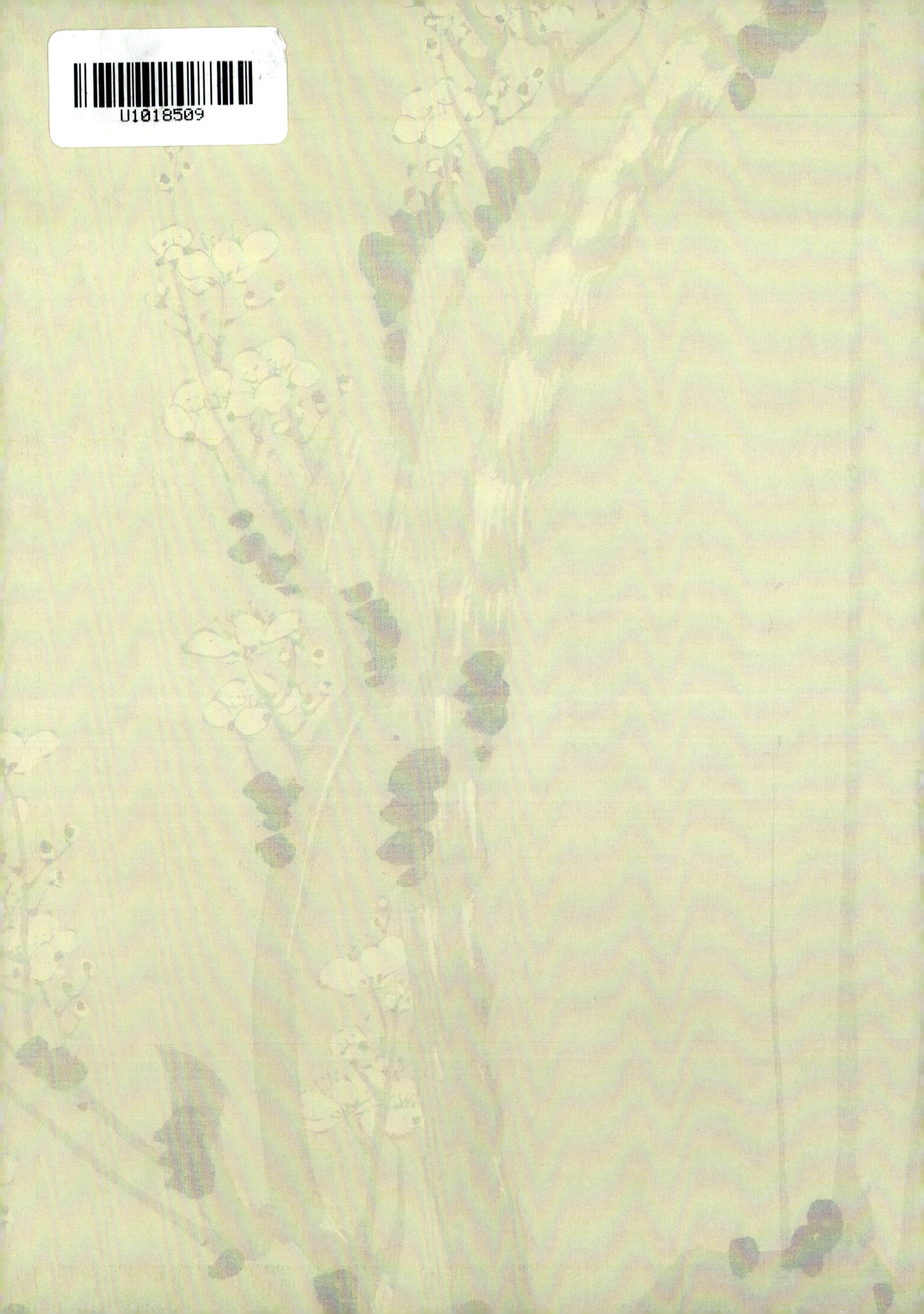

王摩詰詩集

〔唐〕王維 撰
〔宋〕劉辰翁 評 明 吴興淩濛初刻本

責任編輯：莊　劍
責任校對：袁　捷
封面設計：墨創文化
責任印製：王　煒

ISBN 978-7-5690-0858-6

圖書在版編目(CIP)數據

王摩詰詩集 /（唐）王維撰；（宋）劉辰翁評.
—影印本. —成都：四川大學出版社，2017.7
ISBN 978-7-5690-0858-6

Ⅰ.①王…　Ⅱ.①王…　②劉…　Ⅲ.①唐詩-詩集
Ⅳ.①I222.742

中國版本圖書館 CIP 數據核字（2017）第 170794 號

書名　**王摩詰詩集**

撰　者	(唐)王　維
評　者	(宋)劉辰翁
出　版	四川大學出版社
地　址	成都市一環路南一段 24 號 (610065)
發　行	四川大學出版社
書　號	ISBN 978-7-5690-0858-6
印　刷	廣東虎彩雲印刷有限公司
成品尺寸	210 mm×285 mm
印　張	19.25
字　數	59 千字
版　次	2017 年 7 月第 1 版
印　次	2017 年 7 月第 1 次印刷
定　價	498.00 圓

◆讀者郵購本書，請與本社發行科聯繫。
電話：(028)85408408/(028)85401670/
(028)85408023　郵政編碼：610065
◆本社圖書如有印裝質量問題，請
寄回出版社調換。
◆網址：http://www.scupress.net

出版説明

現代漢語用『圖書』表示文獻的總稱，這一稱謂可以追溯到古史傳説時代的河圖、洛書。在從古到今的文化史中，圖像始終承擔着重要的文化功能。傳説時代的大禹『鑄鼎象物』，將物怪的形象鑄到鼎上，使『民知神奸』。在《周易》中也有『制器尚象』之説。一般而論，文化生活皆有其對應的物质層面的表现。在中國古代文獻研究活動中，學者也多注意器物、圖像的研究，如《詩》中的草木、鳥獸，《山海經》中的神靈物怪，禮儀中的禮器、行禮方位等，學者多畫爲圖像，與文字互相發明，成爲經學研究中的『圖説』類著述。又宋元以後，庶民文化興起，出版業高度發達，版刻印刷益發普及，在普通文獻中也逐漸出現了圖像資料，其中流傳至今者，是我們瞭解古代文化的重要憑藉，通過這些圖文並茂的文本，其中廣泛地涉及植物、動物、日常的物質生產程序與工具、平民教化等多個方面，讀者可以獲得對古代文化生動而直觀的感知。爲了方便讀者利用，我們將古代文獻中有關圖像、版畫、彩色套印本等文獻輯爲叢刊正式出版。

本編選目兼顧文獻學、古代美術、考古、社會史等多種興趣，範圍廣泛，版本選擇也兼顧古代東亞地區漢文化圈的範圍。圖像在古代社會生活中的一大作用涉及平民教化，即古人所謂的『圖像古昔，以當箴規』，（語出何晏《景福殿賦》）明清以來，民間勸善之書，如《陰騭文》、《閨范》等，皆有圖解，其中所宣揚的古代道德意識中的部份條目固然爲我們所不取，甚至是應該批判的對象，但其中多有精美的版畫，除了作爲古代美術史文獻以外，由此也可考見古代一般平民的倫理意識，實爲社會史研究的重要材料。

本編擬目涉及多種類型的文獻，兹輯爲叢刊，然亦以單種别行為主，只有部份社會史性質的文本，因爲篇卷無多，若獨立成册則面臨裝幀等方面的困難，則取同類文本合爲一册。文獻卷首都新編了目録以便檢索，但爲了避免與書中内容大量重複，無謂地增加篇幅，有部份新編目録視原書目録爲簡略，也有部份文本性質特殊，原書中本無卷次目録之類，則約舉其要，新擬條目，其擬議未必全然恰當。所有文獻皆影印，版式色澤，一存古韻。

目録（七卷）

唐進王右丞集表

臣縉言中使王承華奉宣進止令臣進亾兄故尚書右丞維文章恩命忽臨以驚以喜退因編録又竊感傷臣兄文詞立身行之餘力當官堅正秉操孤直縱居要劇不忘清淨實見時輩許以高流至於晚年彌加進道端坐虛室念兹無生乘興爲文未嘗廢業或散朋友之上或留篋笥之中臣近捜求尚慮零落詩筆共成十卷今且隨表奉進曲承

天鑒下訪遺文魂而有知荷寵光於幽窔歿而不
朽成大名於聖朝臣不勝感戴悲歡之至謹奉表
以聞臣縉誠惶誠恐頓首頓首謹言
銀青光祿大夫尚書兵部侍郎兼御史大夫臣
王縉表上
唐代宗皇帝批荅手敕
敕卿之伯氏天下文宗位歷先朝名高希代抗行
周雅長揖楚辭調六氣於終編正五音於逸韻泉

飛藻思雲散襟情詩家者流時論歸美誦於人口
久鬱文房歌以國風宜登樂府睠朝之後乙夜將
觀石室所藏殁而不朽栢梁之會今也則亾乃眷
棣華克成編録聲猷益茂歎息良深

舊唐書文苑傳

唐端明殿學士中書侍郎兼吏部尚書監修國史右僕射同中書門下平章事劉昫撰

王維字摩詰太原祁人父處廉終汾州司馬徙家於蒲遂爲河東人維開元九年進士擢第事母崔氏以孝聞與弟縉俱有俊才博學多藝亦齊名閨門友悌多士推之歷右拾遺監察御史左補闕庫部郎中居母喪柴毀骨立殆不勝喪服闋拜吏部

郎中天寶末爲給事中祿山陷兩都玄宗出幸維
扈從不及爲賊所得維服藥取痢僞稱瘖病祿山
素憐之遣人迎置維陽拘於普施寺迫以僞署祿
山宴其徒於凝碧宫其工皆梨園子弟教坊工人
維聞之悲惻潛爲詩曰萬戸傷心生野煙百官何
日再朝天秋槐花落空宫裏凝碧池頭奏管絃賊
平陷賊官三等定罪維以凝碧詩聞於行在肅宗
嘉之會縉請削已刑部侍郎以贖兄罪特宥之諭

授太子中允乾元中遷太子中庶子中書舍人復拜給事中轉尚書右丞維以詩名盛於開元天寶間昆仲宦遊兩都凡諸王駙馬豪右貴勢之門無不拂席迎之寧王薛王待之如師友維尤長五言詩書畫特臻其妙筆蹤措思參於造化而創意經圖即有所缺如山水平遠雲峯石色絶迹天機非繪者之所及也人有得奏樂圖不知其名維視之曰霓裳第三疊第一拍也好事者集樂工按之一

無差咸服其精思維弟兄俱奉佛居常蔬食不茹葷血晚年長齋不衣文綵得宋之問藍田别墅在輞口輞水周於舍下别漲竹洲花塢與道友裴迪浮舟往來彈琴賦詩嘯咏終日嘗聚其田園所爲詩號輞川集在京師日飯十數名僧以玄譚爲樂齋中無所有唯茶鐺藥臼經案繩牀而已退朝之後焚香獨坐以禪誦爲事妻亾不再娶三十年孤居一室屏絶塵累乾元二年七月卒臨終之際以

在鳳翔。忽索筆作別縉書。又與平生親故作別書數幅。多敦厲朋友奉佛修心之旨。捨筆而絕。代宗時縉爲宰相。代宗好文。甞謂縉曰。卿之伯氏。天寶中詩名冠代。朕甞於諸王座聞其樂章。今有多少文集。卿可進來。縉曰。臣兄開元中詩百千餘篇。天寶事。後十不存一。比於中外親故間相編綴。都得四百餘篇。翌日上之。帝優詔褒賞。縉自有傳。

新唐書文藝傳

宋端明殿學士兼翰林侍讀學士龍圖閣學士
朝請大夫守尚書吏部侍郎充集賢殿修譔
宋祁奉敕譔

王維字摩詰九歲知屬辭與弟縉齊名資孝友開元初擢進士調大樂丞坐累爲濟州司倉參軍張九齡執政擢右拾遺歷監察御史母喪毁幾不生服除累遷給事中安祿山反玄宗西狩維爲賊得

以藥下鄃陽瘖祿山素知其才迎置洛陽迫爲給
事中祿山大宴凝碧池悉召梨園諸工合樂諸工
皆泣維聞悲甚賦詩悼痛賊平皆下獄或以詩聞
行在時縉位已顯請削官贖維罪肅宗亦自憐之
下遷太子中允久之遷中庶子三遷尚書右丞縉
爲蜀州刺史未還維自表已有五短縉五長臣在
省戶縉遠方願歸所任官放田里使縉得還京師
議者不之罪久乃召縉爲左散騎常侍上元初卒

年六十一疾甚縉在鳳翔作書與别又遺親故書數幅停筆而化贈祕書監維工草隸善畫名盛於開元天寳間豪英貴人虛左以迎寧薛諸王待若師友畫思入神至山水平遠雲勢石色繪工以爲天機所到學者不及也客有以按樂圖示者無題識維徐曰此霓裳第三疊最初拍也客未然引工按曲乃信兄弟皆篤志奉佛食不葷衣不文綵别墅在輞川地奇勝有華子岡欹湖竹里館柳浪茱

㚄浒辛夷塢與裴廸遊其中賦詩相酬爲樂喪妻
不娶孤居三十年毋亾表輞川地爲寺終葬其西
寶應中代宗語縉曰朕甞於諸王座聞維樂章今
傳幾何遣中人王承華往取縉裒集數十百篇上
之

王摩詰目錄卷之一

五言古詩

宿鄭州
觀別者
送別
冬日遊覽
崔濮陽兄季重前山興
過季楫宅
渭川田家
春日田家作

飯覆釜山僧
送從弟蕃游淮南
丁寓田家有贈
送魏郡李太守
別弟縉後登青龍寺望藍田山
從軍行
扶南曲歌詞五首
隴西行

春休沐維巳陪游及乎是行亦預聞命會

無車馬不果斯諾

和使君五郎西樓望遠思歸

酬黎居士浙川作

奉寄韋太守陟

林園即事寄舍弟紞

贈從弟司庫員外絿

座上走筆贈薛璩慕容損

贈李頎

春夜竹亭贈錢少府歸藍田

至滑州隔河望黎陽憶丁三寓

秋夜獨坐懷内弟崔興宗

贈裴十迪

與胡居士皆病寄此詩兼示學人

華岳

青溪

別綦毋潛

新晴晚望

自大散以往深林密竹蹬道盤曲四五十里

至黄牛嶺見黄花川

早入滎陽界

寓言

渡河到清河作

苦熱

王摩詰目録卷之一 終

附姑蘇顧璘評

王摩詰詩集卷之一

唐　藍田王維撰

宋　廬陵劉辰翁評

五言古詩　四言附

藍田山石門精舍

此景自常有之其詩亦若無意故是佳趣

落日山水好，漾舟信歸風。玩（一作寄）奇不覺遠，因以緣源窮。遙愛雲木秀，初（一作言）疑路不同。安知清流轉，偶與前山通。捨舟理輕策，果然愜所適。老僧四五人，逍遙

王摩詰卷一　一

世外好事語

碩東樵云峴蕭韻用兩生字

蔭松柏朝梵林未曙夜禪山更（一作心）寂道心及牧童世事問樵客瞑宿長林下（一作扑）焚香臥瑤席澗芳襲人衣山月暎石壁再尋畏迷誤明發更登歷笑謝（一作間）桃源人花紅復來覿

贈房盧氏琯

達人無不可忘巳愛蒼生豈復小千（一作十）室絃歌在兩楹浮人日巳歸但坐事農畊桑榆鬱相望邑里多雞鳴秋山一何淨蒼翠臨寒城視事兼偃臥對書

頎云步驟選
體

不簪纓蕭條人吏散鳥雀下空庭鄙夫心所向曉節異平生將從海嶽居守靜解天刑或可累安邑茅茨君試營

贈祖三詠濟州官舍作

蠨蛸掛虛牖蟋蟀鳴前除歲晏涼風至君子復何如高閣閒無人離居不可道閑門寂已閉落日照秋草雖有近音信千里阻河關中復客汝潁去年歸舊山結交二十載不得一日展貧病子既深契

不必其人直自輸寫

頎云警語不在深

濶余不淺仲秋雖未歸暮秋以爲期良會詎幾日終日長相思

○戲贈張五弟諲

吾弟東山時心尚一何遠日高猶自臥鍾動始能飯領（一作頭）上髮未梳床頭書不卷清川興悠悠空林對偃蹇青苔石上淨細草松下軟窻外鳥聲閑階前虎心善徒然萬慮多澹爾太虛緬一知與物平自顧爲人淺對君忽自得浮念不煩遣

張弟五車書讀書仍隱居染翰過草聖賦詩輕子
虛閉門二室下隱居十年餘宛如野人也時從漁
父魚秋風日蕭索五柳高且踈望此去人世渡水
向吾廬歲宴同攜手只應君與予
設罝守毚兔垂釣伺游鱗此是安口腹非關慕隱
淪吾生好清靜蔬食去情塵今子方豪蕩思爲鼎
食人我家南山下動息自遺身入鳥不相亂見獸
皆相親雲霞成伴侶虛白侍衣巾何事須夫子邀

予谷口眞

胡居士卧病遺米因贈

了觀四大因根性何所有妄計苟不生是身孰休咎色聲何謂客陰界復誰守徒言蓮華目豈惡楊枝肘既飽香積飯不醉聲聞酒有無斷常見生滅幻夢受卽病卽實相趣空定狂走無有一法眞無有一法垢居士素通達隨宜善抖擻牀上無氊卧鐺中有粥否齋時不乞食定應空漱口露葵自朝

折黃粱不煩剖聊持數斗米且救浮生取

休暇還舊業便使 唐選作盧象詩

謝病始告歸依依入桑梓家人皆佇立相候柴門裏時輩皆長年成人舊童子上堂家慶畢一作嘉願與姻親齒論舊忽餘悲目存且相喜田園轉蕪沒但有寒泉水衰柳日蕭條秋光清邑里入門乍如昨休騎非便止中飯顧王程離憂從此始

宿鄭州

◎

碩云淺不近俗當思其雜處

藹然戀闕之情

兩語已絕

朝與周人辭莫投鄭地宿他鄉絕儔侶孤客親僮僕宛洛望不見秋霖晦平陸田父草際歸村童雨中牧主人東皋上時稼遶（一作逸）茅屋虫思機杼鳴（一作虫鳴机杼休）雀喧禾黍熟（一作食）明當渡京水昨晩（一作夜）猶金谷此去欲何言窮邊狗微祿

觀別者

青青楊柳陌陌上別離人愛子遊燕趙高堂有老親不行無可養行去百憂新切切委兄弟依依向

顧云情盡

帶字画意當字天然

四隣都門帳飲別從此謝賓親揮淚逐前侶含悽動征輪車徒望不見時時起行塵余亦辭家者看之淚滿巾

送別（一作送綦毋潛落第還鄉）

聖代無隱者英靈盡來歸遂令東山客不得顧采薇既至金門遠孰云吾道非江淮度寒食京洛（一作兆）縫春衣置酒長安道（一作長廷送 一作臨長道）同心與我違行當浮桂棹未幾拂荊扉遠樹帶行客孤城（一作村）當落暉吾謀適不用勿

頗云用意厚

下字雅

平寔悲壯古意雅詞樂府野步更似不須語言

又別又別有道之言

謂知者稀。

冬日遊覽

步出城東門，試騁千里目。青山橫蒼林，赤日團平陸。渭北走邯鄲，關東出函谷。秦地萬方會，來朝九州牧。雞鳴咸陽中，冠蓋相追逐。丞相過列侯，羣公餞光祿。相如方老病，獨歸茂陵宿。

崔濮陽兄季重前山興 山西去亦對維門

秋色有佳興，況君池上閑。悠悠西林下，自識門前

頎云學陶

山千里横黛色數峯出雲間嵯峨對秦國合沓藏荆關殘雨斜日照夕嵐飛鳥還故人今尚爾歎息此頹顏

過李揖宅

閒門秋草色終日無車馬客來深巷中犬吠寒林（一作村）下散髮時未簪道書行尚把與我同心人樂道安貧者一罷（一作水）宜城酌還歸洛陽社

渭川田家

碩云：晚色好。

斜光（一作陽）照墟落，窮巷牛羊歸。野老念牧童（一作僮僕），倚杖候荊扉。雉雊麥苗秀，蠶眠桑葉稀。田夫荷鋤立（一作至），相見語依依。即此羨閒逸，悵然吟（一作歌）式微。

碩云：點化好。卷耳之後，浮此吟諷，情致自然，抑揚有態。

春日田園作

屋上（一作新）春鳩（一作舊）鳴，村邊（好）杏（一作故）花白。持斧伐遠楊，荷鋤覘泉脉。歸燕識故巢，舊人看新曆。臨觴忽不御，惆（一作思）悵遠（遠）行客。

齊州送祖三

一作淇上別趙仙舟

前四句只見眼前道不到者末句短嫩意傷
頗云清思甚多

相逢方一笑。相送還成泣。祖帳已傷離。荒城復愁入。天寒遠山淨。日暮長河急。（顧云特異上句）解纜君已遥。望君猶（一作空）佇立。

贈劉藍田

籬中犬（一作閒）迎吠。出屋候柴扉。歳晏輸井税。山村人夜歸。晩田始家（一作熟）食。餘市成我衣。詎肎無公事。煩君問是非。

歎白髮

我年一何長，鬢髮日已白。俛仰天地間，能爲幾時客。惆悵故山雲，徘徊空日夕。何事與時人，東城復南陌。

李陵詠　時年十九

漢家李將軍，三代將門子。結髮有奇策，少年成壯士。長驅塞上兒，深入單于壘。旌旗列相向，簫鼓悲何已。日暮沙漠垂，戰聲煙塵裏。將令驕虜滅，豈獨名王侍。既失大軍援，遂嬰穹廬耻。少小蒙漢恩，何

語有諷味似淺似深妙須云事皆如此

堪坐思此深中欲有報投軀未能死引領望子卿非君誰相理

西施詠

艷色天下重西施寧久微（一作久）朝為越溪女（一作仍）暮作吳宮妃（一作暝）賤日豈殊衆貴來方悟稀邀人傅脂粉不自著羅衣君寵益嬌態君憐無是非當時浣紗伴莫得同車歸持謝隣家子效顰安可稀

羽林騎閨人

頓云說得此語出決是作家

秋月臨高城城中管絃思離人堂上愁稚子堦前戲出門復暎戶望望青絲騎行人過欲盡狂夫終不至左右寂無言相看共垂泪

偶然作

趙女彈箜篌復能邯鄲舞夫婿輕薄兒鬬雞事齊主黃金買歌笑用錢不復數許史相經過高門盈四牡客舍有儒生昂藏出鄒魯讀書三十年腰下（一作閒）無尺組被服聖人教一生自窮苦

楚國有狂夫茫然無心想散髮不冠帶行歌南陌
上孔丘與之言仁義莫能奬未嘗肯問天何事須
擊壤復笑採薇人胡爲乃長往
田舍有老翁垂白衡門裏有時農事閑斗酒呼鄰
里喧聒茅簷下或坐或復起短褐不爲薄園葵固
足美動則長子孫不曾向城市五帝與三王古來
稱天（一作君）子干戈將揖讓畢竟何者是得意苟爲樂野
田安足鄙且當放懷去行行沒餘齒

日夕見太行沈吟未能去問君何以然世網嬰我
故小姝日成長兄弟未有娶家貧祿既薄儲蓄非
有素幾回欲奮飛踟蹰復相顧孫登長嘯臺松竹
有遺處相去詎幾許故人在中路愛染日已薄禪
習日已固忽呼吾將行寧俟歲云暮
陶潛任天眞其性頗耽酒自從棄官來家貧不能
有九月九日時菊花空滿手心中竊自思倘有人
送否白衣携壺觴果來遺老叟且喜得斟酌安問

◎

但可從此止

升與斗。奮衣野田中。今日嗟無有。兀傲迷東西。簑笠不能守。傾倒強行行。酣歌歸五柳。生事不曾問。肯愧家中帚。（一作婦）

○又（一本無此首）

老來嬾賦詩。惟有老相隨。宿世（一作當代）謬詞客。前身應畫師。不能捨餘習。偶被世（一作時）人知。名字本皆是。此心還不知。

晦日遊大理韋卿城南別業（四聲各用六韻）

郊居杜陵下永日同携手仁里藹川陽平原見峯首園廬鳴春鳩林薄媚新柳上卿始登席故老前爲壽臨當游南陂約畧執杯酒歸與詘微官惆悵心自咎

其二

與世澹無事自然江海人側聞塵外遊解驂軛朱輪平野照暄景上天垂春雲張組竟北阜泛泛過東隣故鄉信高會宰醴及佳辰幸同擊壤樂心荷

堯爲君

其三

冬中餘雪在墟上春流駛風日暢懷抱山川好天（一作多秀）
氣彫胡先晨炊（一作豊酌）庖膾亦後至（一作雲）高情浪海岳浮生寄
天地君子外簪纓埃塵良不啻所樂衡門中陶然
忘其貴

其四

高館臨澄陂曠然蕩（一作望一作理）心目淡蕩動雲天玲瓏映墟

曲鵲巢結空林雉雊響幽谷應接無閑暇徘徊以
躑躅紆組上春堤側弁倚喬木弦望忽已晦後期
洲應綠

飯覆釜山僧

晚知清淨理日與人羣疏將候遠山僧先期掃弊
廬果從雲峯裏顧我蓬蒿居藉草飯松屑焚香看
道書燃燈晝欲盡鳴磬夜方初已悟寂爲樂此生
閑有餘思歸何必深身世猶空虛

送從弟蕃游淮南

讀書復騎射帶劒游淮陰淮陰少年輩千里遠相尋高義難自隱明時寧陸沈島夷九州外泉館三山深席帆聊問罪卉服盡成擒歸來見天子拜爵賜黃金忽思鱸魚鱠復有滄洲心天寒蒹葭渚日落雲夢林江城下楓葉淮上聞秋砧送歸青門外車馬去駸駸惆悵新豐樹空餘天際禽

丁寓田家有贈 一作田家贈丁寓

君心尚棲隱久欲傷歸路在朝每爲言解印果成
趣晨雞鳴隣里羣動從所務農夫行餉田閨婦起
縫素開軒御衣服散帙理章句時吟招隱詩或製
閑居賦新晴望郊郭日映桑榆暮陰晝小苑城微
明渭川樹揆予宅閭井幽賞何由屢道存終不忘
迹異難相遇此時惜離別再來芳菲度

送魏郡李太守赴任

與君伯氏別又欲與君離君行無幾日當復隔山

一作蔭晝

一作兄

陂蒼茫秦川盡日落桃林塞獨樹臨關門黃河向
天外前經洛陽陌宛洛故人稀故人離別盡淇上
轉驂騑企予悲送遠惆悵睢陽路古木官渡平秋
城鄴（一作都）宮故想君行縣日其出從如雲遙思魏公子
復憶李將軍

別弟縉後登青龍寺望藍田山

陌上新別離蒼茫四郊晦登高不見君故山復雲
外遠樹蔽行人長天隱秋塞心悲遊宦子何處飛

征蓋。

從軍行

吹角動行人喧喧行人起笳（一作應）悲馬嘶亂爭渡金（一作黃）河水日暮沙漠番（一作力戰）戰聲煙塵裏盡繫（一作著）名王頸歸來見天子。（見一作獻一作報）

扶南曲歌詞五首

翠羽流蘇帳春眠曙不開羞從面色起嬌逐語聲來早向朝陽殿君王中使催

用浔别

堂上青絃動堂前綺席陳齊歌盧女曲雙舞洛陽
人傾國徒相看寧知心所親
香氣傳空滿粧華影箔通歌聞天仗外舞出御樓
中日暮歸何處花間長樂宮
宮女還金屋將眠復畏明入春輕衣好半夜薄粧
成拂曙朝前殿玉墀多佩聲
朝日照綺窗佳人坐臨鏡散黛恨猶輕插釵嫌未
正同心勿遽遊幸待春粧竟

隴西行

十里一走馬五里一揚鞭都護軍書至匈奴圍酒泉關山正飛雪烽戍斷無煙

早春行

紫梅發初徧黃鳥歌猶澁誰家折楊女弄春如不及愛水看粧坐羞人映花立香畏風吹散衣愁露霑濕玉閨青門裏日落香車入游衍益相思含啼向彩幃憶君長入夢歸晚更生疑不及紅簷鷰雙

栖綠草時

奉和聖製登降聖觀與宰臣同望應制

鳳扆朝碧落龍圖耀金鏡維岳降二臣戴天臨萬姓山川八校滿井邑三農竟比屋皆可封誰家不相慶林疏遠村出野曠寒山盡帝城雲裏深渭水天邊映喜（一作嘉）氣含風景頌聲溢歌詠端拱能任賢彌彰聖君聖

奉和聖製御春明樓臨右相園亭賦樂賢詩

應制

複道通長樂青門臨上路遥聞鳳吹喧暗識金輿
度褰旒明四目伏檻紆三顧小苑接侯家飛甍映
宮樹商山原上碧滻水林端素銀漢下天章瓊筵
承湛露將非富民寵信以平戎故從來簡帝心詎
得廻天步

奉和聖製送不蒙都護兼鴻臚卿歸安西應
制

上卿增命服都護揚歸旆雜虜盡朝周諸胡皆自
鄶鳴笳瀚海曲按節陽關外落日下河源寒山靜
秋塞萬方氛祲息六合乾坤大無戰是天心天心
同覆載

瓜園詩并序

維瓜園高至俯視南山形勝二三時輩同
賦是詩兼命詞英數公同用園字爲韻韻
任多少時太子司議郎薛璩發此題遂同

諸公云

予適欲鋤瓜倚鋤聽叩門鳴騶導驄馬常從夾朱軒窮巷正傳呼故人儻相存携手追涼風放心望乾坤靄靄帝王州宮觀一何繁林端出綺道殿頂播華幡素懷在青山若値白雲屯迴風城西雨返景原上村前酌盈樽（一作尊非）酒往往聞清言黃鸝轉深木朱槿照空園猶羨松下客石上聞清猨

同盧拾遺韋給事東山別業二十韻給事首

春休沐維巳陪游及乎是行亦預聞命會無
車馬不果斯諾（一本章上有逼字）
託身侍雲陛昧旦（一作早）趨華軒遂陪鵷鴻侶霄漢同飛
翻君子垂惠顧期我於田園側聞景龍際親降南
面尊萬乘駐山外順風祈一言高陽多夔龍荊山
積璵璠盛德啓前烈大賢鍾後昆侍郎文昌宮給
事東掖垣謁帝俱來下冠蓋盈丘樊閨風首邦族
庭訓延鄉村采地包山河樹井竟川原巖端迴綺

檻谷口開朱門階下羣峯首雲中瀑水源鳴玉滿
春山列筵先朝瞰會舞何颯踏擊鍾彌朝昏是時
陽和節淸晝猶未暄藹藹樹色深嚶嚶鳥聲繁顧
已負痾諸延頸懸芳蓀蹇步守窮巷高駕難攀援
素是獨往客脫冠情彌敦

和使君五郎西樓望遠思歸

高樓望所思目極情未畢枕上見千里窗中窺萬
室悠悠長路人曖曖遠郊日惆悵極浦外迢遞孤

烟出能賦屬上才思歸同下秩故鄉不可見雲外空如一

訓黎居士浙川作　曇壁上人院走筆成

儂家眞箇去公定隨儂否着處是蓮花無心變楊柳松龕藏藥裹石唇安茶臼氣味當共知那能不携手

奉寄韋太守陟

荒城自蕭索萬里山河空天高秋日迥嘹唳聞歸

鴻寒塘暎衰草高館落疎桐臨此歲方晏顧景詠
悲翁故人不可見寂寞平林東

林園即事寄舍弟紞

寓目一蕭散消憂冀俄頃青草肅澄陂白雲移翠
嶺後沔通河渭前山包鄢郢松含風裏聲花對池
中影地多齊后𤸃人帶荆州瘿徒思赤筆書詎有
丹砂井心悲常欲絶髮亂不能整青簟日何長閑
門晝方靜頹思茅簷下彌傷好風景

贈從弟司庫員外絿

少年識事淺，強學干名利。徒聞躍馬年，苦無出人智。即事豈徒言，累官非不識。既寡遂性歡，恐招負時累。清冬見遠山，積雪凝蒼翠。皓然出東林，發我遺世意。惠連素清賞，夙語塵外事。欲緩攜手期，流年一何駛。

座上走筆贈薛璩慕容損

希世無高節，絕跡有卑棲。君徒視人文，吾固和天

俔緬然萬物始及與羣牧齊分地依后稷用天信重黎春風何豫人令我思東溪草色有佳意花枝稍含荑更待風景好與君藉萋萋

贈李頎

聞君餌丹砂甚有好顔色不知從今去幾時生羽翼王毋翳華芝望爾崑崙側文螭從赤豹萬里走方息悲哉世上人甘此羶腥食

春夜竹亭贈錢少府歸藍田

夜静羣動息時聞隔林犬却憶山中時人家澗西
遠羨君明發去釆蕨輕軒晃

至滑州隔河望黎陽憶丁三寓

隔河見桑柘藹藹黎陽川望望行漸遠孤峯没雲
煙故人不可見河水復悠然頼有政聲遠時聞行
路傳

秋夜獨坐懷内第崔興宗

夜静羣動息蟪蛄聲悠悠庭槐北風響日夕方高

秋思子整羽翰及時當雲浮吾生將白首歲晏思
滄洲高足在旦暮肯爲南畝儔

贈裴十迪

風景日夕佳與君賦新詩澹然望遠空如意方支
頤春風動百草蘭蕙生我籬曖曖日暖閨田家來
致詞欣欣春還皋淡淡水生陂桃李雖未開荑蕚
滿芳（一作其）枝請君理還策敢告將農時

與胡居士皆病寄此詩兼示學人（梵志體）

一興微塵念橫有朝露身如是覩陰界（一作都）何方置我
人礙有固爲主趣空寧捨賓洗心詎懸解悟道正
迷津因愛果生病從貪始覺貧色身非彼妄浮幻
卽吾眞四達竟何遣萬殊安可塵胡生但高枕寂
寞與誰鄰戰勝不謀食理齊甘負薪予若未始異
詎論疎與親

其二

浮空徒漫漫汎有定悠悠無乘及乘者所謂智人

舟。詎捨貧病域。不疲生死流。無煩君喻馬。任以我爲牛。植福祠迦葉。求仁笑孔丘。何津不鼓棹。何路不摧輈。念此聞思者。何爲多阻脩。空虛華聚散。煩惱樹稀稠。滅想成無記。生心坐有求。降吳復歸越。不到莫相尤。

華岳

西岳出浮雲（一作大）。積翠在太清。連天凝黛色。百（一作開　一作変）里遙青冥。白日爲之寒。森沈華陰城。昔聞乾坤閉。造化生巨靈右足踏方止（一作山）左手推削成天地忽開拆大河注東溟遂爲西峙岳（一作岳峙）雄雄鎮秦京大君包覆載至德被羣生上帝佇昭告金天思奉迎人祇望幸久何獨禪云亭

青溪（一作過青溪水作）

言入黃花川每逐青溪水隨山將萬轉趣途無百里聲喧亂石中色靜深松裏漾漾（一作演漾）泛菱荇澄澄映葭葦我心素已閑清（一作明）川澹如此請留盤（一作磐）石上垂釣

將已矣

石（一作李）處士山居

君子盈天階小人甘自免方隨鍊金客林上家絕巘背嶺花未開入雲樹深淺淸晝猶自眠山鳥一時囀

謁璿上人 并序

上人外人內天不定不亂捨法而淵泊無心而雲動色空無礙不物物也默語無際

不言言也故吾徒得神交焉玄關大啓德
海羣泳時雨旣降春物具美序於詩者人
百其言

少年不足言識道年已長事往安可悔餘生幸能
養誓從斷臂血不復嬰世網浮名寄纓珮空性無
羈鞅夙從大導師焚香此瞻仰頽然居一室覆載
紛萬象高柳早鶯啼長廊春雨響牀下阮家屐窻
前筇竹杖方將見身雲陋彼示天壤一心在法要

願以無生獎

送康太守

城下滄江水江邊黃鶴樓朱欄將粉堞江水暎悠
悠鐃吹發夏口使君居（一作旁）上頭郭門隱楓岸候吏趍
蘆洲何異臨川郡還來康樂侯

送陸員外

郎署有伊人居然古人風天子顧河北詔書除（一作隸）征
東拜手辭上官緩步出南宮九河平原外七國薊

門中陰風悲枯桑古塞多飛蓬萬里不見虜蕭條胡地空無爲費中國更欲邀奇功遲遲前相送握手嗟異同行當封侯歸肯訪南山翁

送宇文太守赴宣城

遼落雲外山迢遞舟中賞鐃吹發西江秋空多清響地迥古城蕪月明寒潮廣時賽敬亭神復解罟師綱何處寄（一作紉）相思南風（一作吹）搖五兩

送綦毋校書棄官還江東

明時久不達，棄置與君同。天命無怨色，人生有素風。念君拂衣去，四海將安窮。秋天萬里淨，日暮九江空。清夜何悠悠，扣舷明月中。和光魚鳥際，澹（一作澄）爾蒹葭叢。無庸客昭世，衰鬢白如蓬。頑疎暗人事，僻陋遠天聰。微物縱可採，其誰為至公。余亦從此去，歸耕為老農。

送六舅歸陸渾

伯舅吏淮泗，卓犖方喟然。悠哉自不競，退耕東皋

田條桑臘月下種杏春風前酌醴賦歸去共知陶令賢

送別

下馬飲君酒問君何所之君言不得意歸臥南山陲但去莫復問白雲無盡時

送張五歸山

送君盡惆悵復送何人歸幾日同攜手一朝先拂衣東山有茅屋幸爲歸荆扉當亦謝官去豈令心

事違。

送縉雲苗太守

手疏謝明主。腰章爲長吏。方從會稽邸（一作郊）。更發汝南騎。按節下松陽。清江響鐃吹。露冕見三吳。方知百城貴。

送權二（一作三）

高人不可友（一作有）。清論復何深。一見如舊識。一言知道心。明時當薄宦。解薜去中林。芳草空隱處。白雲餘

故岑韓侯久携手河嶽共幽尋悵別千餘里臨堂鳴素琴

送高適弟耽歸臨淮作

一作適非

座上作

少年客淮泗落魄居下邳遨遊向燕趙結客過臨淄山東諸侯國迎送紛交馳自爾厭遊俠閉戶方垂帷深明戴家禮頗學毛公詩備知經濟道高臥陶唐時聖主詔天下賢人不得遺公吏奉纁組安車去茅茨君王蒼龍闕九門十二逵羣公朝謁罷

寇劍下丹墀野鶴終踉蹌威鳳徒參次或問理人
術但致還山詞天書降北闕賜帛歸東菑都門謝
親故行路日逶遲孤帆萬里外淼漫將何之江天
海陵郡雲日淮陰（一作南）祠杳冥滄洲上蕩漭無人知緯
蕭或賣藥出處安能期

送張舍人佐江州同薛據十韻

東帶趨承明守官唯謁者清晨聽銀蚪薄暮辭金
馬受辭未嘗易當是方知寡清範何風流高文有

風雅忽佐江上州當自潯陽下逆旅到三湘長途
應百舍香爐遠峯出石鏡澄湖瀉董奉杏成林陶
潛菊盈把范蠡常好之廬山我心也送君思遠道
欲以數行灑

送韋大夫東京留守

人外遺世慮空端結遐心曾是巢許淺始知堯舜
深蒼生詎有物黄屋如喬林上德撫神運沖和穆
宸襟雲雷康屯難江海遂飛沈天工寄人英龍衮

瞻君臨名器苟不假保釐固其任素質貫方領清
景照華簪慷慨念王室從容獻官箴雲旗蔽三川
畫角發龍吟晨揚天漢聲夕卷大河陰窮久業已
寧逆虜遺之擒然後解金組拂衣東山岑給事黄
門省秋光正沇沇功名與身退老病隨年侵君子
從相訪重玄其可尋

留别山中溫古上人兄并示舍弟縉

解薜登天朝去師偶時（一作将）哲豈唯山中人兼負松上

月宿昔同游止致身雲霞末開軒臨潁陽臥視飛鳥没好依盤石飯屢對瀑泉渴理齊少狎隱道勝寧外物舍弟官崇高宗兄此削髮荆扉但灑掃乘閑當過歇

一作此視

別弟妹

兩妹日成長雙鬟將及人已能持寶瑟自解掩羅巾念昔別時小未知疎與親今來始離恨拭淚方慇懃

其二

小弟更孩幼歸來不相識同居雖漸慣見人猶未
覓宛作越人語姝甘水鄉食別此最爲難淚盡有
餘憶

別綦毋潛

端笏明光宮歷稔朝雲陛詔刊延閣書高議平津（一作殿）
即適意偶輕人虛心削繁禮盛得江左風彌工建（一作適意輕微祿遇人削繁禮）
安體高張多夕絃截河有清濟嚴冬爽羣木伊洛

方淸泚渭水氷下流潼關雪中啓荷蓧幾時還塵纓待君洗

新晴晩望

新晴原野曠極目無氛垢郭門臨渡頭村樹連溪口白水明田外碧峯出山後農月無閑人傾家事南畝

自大散以往深林密竹蹬道盤曲四五十里至黃牛嶺見黃花川

危徑幾萬轉數里將三休迴環見徒侶隱暎隔林
丘颯颯松上雨潺潺石中流靜言深溪裏長嘯高
山頭望見南山陽白露靄悠悠青皐麗已淨綠樹
鬱如浮曾是厭蒙密曠然消人憂

早入滎陽界

泛舟入滎澤茲邑乃雄藩河曲閭閻隘川中烟火
繁因人見風俗入境聞方言秋晚田疇盛朝光市
井喧漁商波上客雞犬岸傍村前路白雲外孤帆

安可論

寓言

朱紱誰家子無乃金張孫驪駒從白馬出入銅龍門問爾何功德多承明主恩鬬雞平樂館射雉上林園曲陌車騎盛高堂珠翠繁奈何軒冕貴不與布衣言

君家御溝上垂柳夾朱門列鼎會中貴鳴珂朝至尊生死在八議窮達由一言須識苦寒士莫矜狐

白溫

渡河到清河作

泛舟大河裏積水窮天涯天波忽開拆羣邑千萬家行復見城市宛然有桑麻廻瞻舊鄉國淼漫連雲霞

苦熱

赤日滿天地火雲成山岳草木盡焦卷川澤皆竭涸輕紈覺衣重密樹苦陰薄莞簟不可近絺綌再

三濯思出宇宙外曠然在寥廓長風萬里來江海蕩煩濁却顧身爲患始知心未覺忽入甘露門宛然清涼樂

○納涼

喬木萬餘株清流貫其中前臨大川口豁達來長風漣漪涵白沙素鮪如游空偃臥盤石上翻濤沃微躬漱流復濯足前對釣漁翁貪餌凡幾許徒思蓮葉東

濟上四賢詠三首

崔錄事

解印歸田里。賢哉此丈夫。少年曾任俠。晚節更爲儒。遁（一作迹）世東山下。因家滄海隅。已聞能狎鳥。余欲共乘桴。

成文學

寶劒千金裝。登君白玉堂。身爲平原客。家有邯鄲娼。使氣公卿座。論心（一作交）游俠場。中年不得志（一作意）。謝病客

游梁

鄭霍二山人（一作寄崔鄭二山人）

翩翩繁華子，多出（一作事）金張門。幸有先人業，早蒙明主恩。童（一作同）年且末（一作未）學，肉食鶩華軒。豈乏中林士，無人薦至尊。（一作仍）鄭公老泉石，霍子安丘樊。賣藥不二價，著書盈萬言。息陰無惡木，飲水必清源。吾賤不及議，斯人竟誰論。

鶖子龕禪師（一本有詠字）

山中鷲子龕路劇羊腸惡裂地競盤屈插天多峭
崿瀑泉吼而噴怪石看欲落伯禹訪未知五丁愁
不鑿上人無生緣生長居紫閣六時自搥磬一飲
尚帶索種田燒白雲斫漆響丹壑行隨拾栗猿歸
對巢松鶴時許山人請偶逢洞仙博救世多慈悲
即心無行作周商倦積阻蜀物多淹泊巖腹乍旁
穿澗脣時外拓橋因倒樹架柵值垂藤縛鳥道悉
已平龍宫爲之涸跳波誰揭厲絕壁免捫摸山木

日陰陰結跏歸舊林一向石門裏任君春草深

冬夜書懷

冬宵寒且永夜漏宮中發草白靄繁霜木衰澄清月麗服暎頹顏朱燈照華髮漢家方尚少顧影慙朝謁

早朝

（此詩與五律早朝一首或公一時所作）

皎潔明星高蒼茫遠天曙槐霧暗（一作靜）不開城鴉鳴稍去始聞高閣聲莫辨更衣處銀燭已成行（一作重）金門儼

騶馭

獻始興公 時拜右拾遺

寧棲野樹林，寧飲澗水流（一作中）。不用坐粱肉，崎嶇見王侯。鄙哉匹夫節，布褐將白頭。任智誠則短，守仁固其優。側聞大君子，安問黨與讐。所不賣公器，動爲蒼生謀。賤子跪自陳，可爲帳下不。感激有公議，曲私非所求。

哭殷遙

人生能幾何畢竟歸無形念君等爲死萬事傷人
情慈母未及葬一女纔十齡泱漭寒郊外蕭條聞（一作訣别）
哭聲浮雲爲蒼茫飛鳥不能鳴行人何寂寞白日（一作日色）
自凄清憶昔君在時問我學無生勸君苦不早令
君無所成故人各有贈又不及平生負爾非一途
痛哭返柴荆

故南陽夫人樊氏輓歌

石窌恩榮重金吾車騎盛將朝每贈言入室還相

敬疊鼓秋城動懸旌寒日暎不言長不歸環珮猶將聽

四言

酬諸公見過 時官出在輞川莊

嗟余未喪哀此孤生屏居藍田薄地躬耕歲晏輸稅以奉粢盛

晨往東皋草露未晞暮看煙火漁擔（一作負）來歸我聞有客足掃荊扉

簞食伊何䴏瓜抓棗仰廁羣賢皤然一老媿無莞簞班荆席藁

泯泯登陂折彼荷花淨觀素鮪俯暎白沙山鳥羣飛日隱輕霞

登車上馬倏忽雨散雀噪荒村雞鳴空館還復幽獨重欷累歎

王摩詰詩集卷之一　終

王摩詰目録卷之二

七言歌行

同崔傅答賢弟
送崔五太守
夷門歌
洛陽女兒行
故人張諲工詩善易卜兼能丹青草隸頃以詩見贈聊獲酬之
隴頭唫
寒食城東即事

白黿澗

贈裴迪

榆林郡歌

問寇校書雙溪

寄崇梵僧

奉和聖製天長節賜宰臣歌應制

同比部員外十五夜游有懷靜者季

贈吳官

王摩詰目錄卷之二終

王摩詰詩集卷之二

唐　藍田王　維　撰
宋　廬陵劉辰翁　評

七言歌行

登樓歌

聊上君兮高樓飛甍鱗次兮在下俯十二兮通衢綠槐參差兮車馬却瞻兮龍首前眺兮宜春王畿鬱兮千里山河壯兮咸秦舍人下兮青宮據胡床

頎云入騷

兮書空執戟疲於下位老夫好隱兮墻東亦幸有張伯英草聖兮龍騰虬躍擺長雲兮捩廻風琥珀酒兮彫胡飯君不御兮日將晚秋風兮吹衣夕鳥兮爭返孤砧發兮東城林薄暮兮蟬聲遠時不可兮再得君何爲兮偃蹇

送友人歸山歌

山寂寂兮無人又蒼蒼兮多木羣龍兮滿朝君何爲兮空谷文寡和兮思深道難知兮行獨悅石上

不用楚詞自適目前詞少而意多尚覺磐谷歌意爲亢

宋玉之下陶潛之上甚似晉人不知者以爲氣短知者以爲琴操之餘音也頗云曩句極多騷之变也

兮流泉與松間兮草屋入雲中兮養雞上山頭兮抱犢神與棗兮如瓜虎賣杏兮收穀愧不才兮妨賢嫌既老而貪祿誓解印兮相從何詹尹兮可卜山中人兮欲歸雲冥冥兮雨霏霏水驚波兮翠管靡白鷺忽兮翻飛君不可兮褰衣山萬重兮一雲混天地兮不分樹晻曖兮氛氳猿不見兮空聞忽山西兮夕陽見東臯兮遠村平蕪綠兮千里眇惆悵兮思君

〇點〇景〇狀〇意〇色〇、〇自〇別〇

滿篇風致收拾處常嫩而短使人情事欲絶起語嬌

黃雀癡

黃雀癡黃雀癡謂言青鷇是我兒一一口銜食養得成毛衣到大啁啾解游颺各自東西南北飛薄暮空巢上羈雌獨自歸鳳凰九雛亦如此愼莫愁思憔悴損容輝

老將行

少年十五二十時步行奪（一作得）取胡馬騎射殺山（一作陰山）中白額虎肯數鄴下黃鬚兒一身轉戰三千里一劒曾

頷云天然

欻復勝老語

愈出愈奇

當百萬師漢兵奮迅如霹靂虜騎崩騰畏蒺藜衛
青不敗由天幸李廣無功緣數奇自從棄置便衰
朽世事蹉跎成白首昔時飛箭無全目今日垂楊
生左肘路傍時賣故侯瓜門前學種先生柳蒼茫
古木連窮巷寥落寒山對虛牖誓令疏勒出飛泉
不似潁川空使酒賀蘭山下陣如雲羽檄交馳日
夕聞節使三河募年少詔書五道出將軍試拂鐵
衣如雪色聊持寶劍動星文願得燕弓射天將恥

頋云此下一段寫出老退

一作茫

頋云又突起一節

一作敗

頎云老當益壯須用雲中守结方有力

令越甲鳴吾君莫嫌舊日雲中守猶堪一戰立功勳。一作吳軍

燕支行

頎云壯

漢家天將才且雄來時謁帝明光宫萬乘親推雙闕下千官出餞五陵東誓辭甲第金門裏身作長城玉塞中衛霍才堪一騎將朝廷不數貳師功趙魏燕韓多勁卒關西俠少何咆勃報讐只是聞甞一作莫膽飲酒不曾妨刮骨畫戟彫戈白日寒連旗大旆

頎云通前篇是大學力

頎云叙得絕妙

黃塵沒疊鼓遥翻瀚海波鳴笳亂動天山月麒麟錦帶佩吳鈎颯踏青驪躍紫騮拔劒已斷天驕臂歸鞍共飲月支頭漢兵大呼一當百虜騎相看哭且愁教戰雖令赴湯火終知上將先伐謀

桃源行

漁舟逐水愛山春兩岸桃花夾去（一作古）津坐看紅樹不知遠行盡青溪不見（一作忽值）人山口潛行始隈隩山開曠望旋平陸遥看一處攢雲樹近入千家散花竹樵

頎云不是摩詰道不得

客初傳漢姓名居人未改秦衣服居人共住武陵源還從物外起田園月明松下房櫳靜（一作淨）日出雲中雞犬喧驚（一作忽）聞俗客爭來集競引還家問都（一作鄉）邑平明閭巷掃花開薄暮漁樵乘水入初因避地去人間更聞（一作及至）成仙遂（一作去）不還峽裏誰知有人事世中遙望空雲山不疑靈境難聞見塵心未盡思鄉縣出洞無論隔山水辭家終擬長游衍自謂經過舊不迷安知峯（一作岑）壑今來變當時只記入山深青溪（一作曲）幾度到雲

林春來徧是桃花水不辨仙源何處尋

同崔傅答賢弟

洛陽才子姑蘇客桂苑姝非（一作妃）故鄉陌九江楓樹幾回青一片揚州五湖白揚州時有下江兵蘭陵鎮（一作舊）前吹笛聲夜火人歸富春郭秋風鶴淚石頭城周郎陸弟爲儔侶對舞前溪歌白苧曲几書留小史家草堂碁賭山陰墅衣冠若話外臺臣先數夫君席上珍更聞臺閣求三語遥想風流第一人

領云不見斧痕

送崔五太守

長安廐吏來到門朱文（一作未央）露綱動行軒黃花縣西九

折坂玉樹南宮五丈原褒斜谷中不容幰惟有白

雲當露冕子午山裏杜鵑啼嘉陵水頭行客飯劒

門忽斷蜀川開萬井雙流滿眼來霧中遠樹刀州

出天際澄江巴字回使君年幾（一作紀）三十餘少年白皙

專城居欲持畫省郎官筆回與臨邛父老書

夷門歌

董、許不可易頤云容易數語悉盡曲折

七雄雄（一作国）雌猶未分攻城殺將何紛紛秦兵益圍邯鄲急魏王不救平原君公子為嬴停駟馬執轡愈恭意愈下亥（一作良）為屠肆鼓刀人嬴乃夷門抱關者非但慷慨獻奇謀意氣兼將身命酬向風刎頸（一作、頸）送公子七十老翁何所求

洛陽女兒行 時年十六作

洛陽女兒對門居纔可容顏十五餘良人玉勒乘驄馬侍女金盤膾鯉魚畫閣朱樓盡相望紅桃綠

柳毵簷向羅幃送上七香車寶扇迎歸九華帳狂夫富貴在青春意氣驕奢劇季倫自憐碧玉親教舞不惜珊瑚持與人春窻曙滅九微火九微片片飛花瑣戲罷曾無理曲時粧成秖是熏香坐城中相識盡繁華日夜經過趙李家誰憐越女顏如玉貧賤江頭自浣紗

故人張諲工詩善易卜兼能丹青草隸頃以詩見贈聊獲酬之

碩云亹〻說故事不覺重疊

次第轉摺恨悵何限非長篇可及

不逐東城游俠兒隱囊紗帽坐彈棊蜀中夫子時開卦洛下書生（作諸）解詠詩藥欄花徑衡門裏時復據梧聊隱几屏風誤點惑孫郎團扇草書驚内史故園高枕度三春永日垂帷絕四鄰自想（一作惜）蔡邕今已老更將書籍與何人

隴頭唫

長安少年游俠客夜上戍樓看太白隴頭明月迥臨關隴上行人夜吹笛關西老將不勝愁駐馬聽

自是活動
碩云摩詰七言絕高情景故寔隨取隨足

之雙淚（一作涕）流身經大小百餘戰麾下偏裨萬戶侯蘇武纔爲典屬國節麾空盡（一作零落）海西頭

寒食城東卽事

清溪一道穿桃李演漾綠蒲涵白芷谿上人家凡幾家落花半落東流水蹴踘屢過飛鳥上秋千競出垂楊裏少年分日作遨遊不用清明兼上巳

碩云無緊慢說出

不遇詠

北闕獻書寢不報南山種田時不登百人會中身

不預五侯門前心不能身投河朔飲君酒家在茂陵平安否且共登山復臨水莫問春風動楊柳今人作人多自私我心不說君應知濟人然後拂衣去肯作徒爾一男兒

雙黃鵠歌送別　時為節度判官在涼州作

天路來兮雙黃鵠雲上飛兮水上宿撫翼和鳴整羽族不得已忽分飛家在玉京朝紫微主人臨水送將歸悲笳嘹唳垂舞衣賓欲散兮復相依幾往

返兮極浦尚徘徊兮落暉岸上火兮相迎將夜入兮邊城鞍馬歸兮隹人散悵離憂兮獨含情

新秦郡松栢歌

青青山上松數里不見今更逢不見君心相憶此心向君君應識爲君顔色高且閑亭亭迴出浮雲間

青雀歌

青雀翅羽短未能遠食玉山禾猶勝黄雀爭上下

卿卿空倉復若何

贈徐中書望終南山歌

晚下兮紫微悵塵事兮多違駐馬兮雙樹望青山兮不歸

魚山神女祠歌

迎神曲

坎坎擊鼓魚山之下吹洞簫望極浦女巫進紛屢舞陳瑶席湛清酤風凄凄（一作又）兮夜雨神之來兮不來（一本上有不知二字）

使我心兮苦復苦（一作使我心苦）

送神曲

紛進拜兮堂前目眷眷兮瓊筵來不言（一作語）兮意不傳

作暮雨（一作消）兮愁空山悲急管（一作兮）思繁絃靈之駕兮儼欲

旋倐雲收兮雨歇山青青兮水潺湲

白黿渦（雜言泛筆）

南山之瀑水兮激石渦瀑似雷驚人相對兮不聞

語聲翻渦跳沫兮蒼苔濕蘚老且厚春草爲之不

生獸不敢驚動鳥不敢飛鳴白黿渦濤戲瀨兮委
身以縱横主人之仁兮不綱不鈎得遂性以成生

贈裴廸 雜言

不相見不相見來久日日泉水頭常憶同携手携
手本同心復歎忽分襟相憶今如此相思深不深

榆林郡歌 雜言

山頭松栢林山下泉聲傷客心千里萬里春草色
黄河東流流不息黄龍戍上游俠兒愁逢漢使不

相識

問寇校書雙溪

君家少室西復爲少室東別來幾日今春風新買雙溪定何事餘生欲寄白雲中

寄崇梵僧

崇梵僧崇梵僧秋歸覆釜春不還落花啼鳥紛紛亂澗戶山窻寂寂閑峽裏誰知有人事郡中遥望空雲山

奉和聖製天長節賜宰臣歌應制

大陽升兮照萬方，開閶闔兮臨玉堂。儼冕旒兮垂衣裳，金天淨兮麗三光。彤庭曙兮延八荒，德合天兮禮神遍。靈芝生兮慶雲見，唐堯后兮稷禼臣。匝宇宙兮華胥人，盡九服兮皆四鄰。乾降瑞兮坤獻珍。

同比部員外十五夜游有懷靜者季 雜言

承明少休沐，建禮省文書。夜漏行人息，歸鞍落日餘懸知三五夕萬戶千門闢夜出曙翻歸傾城滿南陌陌頭馳騁盡繁華王孫公子五侯家由來月明如白日共道春燈勝百花聊看侍中千寶騎強識小婦七香車香車寶馬共喧闐箇裏多情俠少年競向長楊柳市北肯過精舍竹林前獨有仙郎心寂寞却將憂坐爲行樂倘覺忘懷共往來幸霑同舍甘藜藿

贈吳官

長安客舍熱如煮無箇茗糜難御暑空搖白團其
諦苦欲向縹囊還歸旅江鄉鯖鮓不寄來秦人湯
餅那堪許不如儂家任挑達草屩撈蝦富春渚

雪中憶李楫（雜言）

積雪滿阡陌故人不可期長安千門復萬戶何處
蹀躞黃金羈

送李睢陽

將置酒思悲翁使君去出城東麥漸漸雉子斑槐

無倫無象

陰陰到潼關騎連連車遲遲中心悲宋又遠周間之南淮夷東齊兒碎碎織練與素絲遊人賈客信難持五穀前熟方可爲下車閉閤君當思天子當殿儼衣裳大官尚食陳羽觴彤庭散綬垂鳴璫黃紙詔書出東廂輕紈疊綺爛生光宗室子弟君最賢分憂當爲百辟先布衣一言相爲死何況聖主恩如天鸞聲噦噦魯侯旗明年上計朝京師須憶今日斗酒別愼勿富貴忘我爲

答張五弟 雜言

終南有茅屋前對終南山終年無客長閉關終日無心長自閑不妨飲酒復垂釣君但能來相往還

王摩詰詩集卷之二終

王摩詰目錄卷三

五言律詩

從岐王夜讌衛家山池應教

奉和楊駙馬六郎秋夜即事

春日上方即事

山居秋暝

山居即事

秋夜獨坐

冬〻晚對雪憶胡居士家

歸嵩山作

喜祖三至留宿

黎拾遺昕裴迪見過秋夜對雨之作

待儲光羲不至

送元中丞轉運江淮

送李判官赴江東

送邢桂洲

送梓州李使君

送楊長史赴果州

送岐州源長史歸
送錢少府還藍田
送方城韋明府
送丘爲往唐州
送丘爲落第歸江東
送嚴秀才還蜀
送孫秀才
送崔九興宗遊蜀

送崔典宗

送張五湮歸宣城

送崔三往密州覲省

送孫二

送友人南歸

送趙都督代州

送劉司直赴安西

送張判官赴河西

送平澹然判官

送李員外賢郎

送張道士歸山

同崔興宗送瑗公

留别錢起

留别丘爲

過福禪師蘭若

夏日過青龍寺謁操禪師

過香積寺

登辨覺寺

過感化寺曇興上人仙院

遊李山人所居因題屋壁

漢江臨帆

泥前陂

終南山

登河北城樓作

裴廸秀才小亭作

凉州郊外游望

觀獵

酬嚴少尹徐舍人見過不遇

酬張少府

酬虞部蘇員外過藍田别業不見留之作

酬比部楊員外暮宿琴堂朝躋書閣率爾見

贈之作

酬賀四贈葛巾之作

寄荆州張丞相

被出濟州

使至塞上

晚春閨思

過秦王墓

雜詩

酬慕容上

目錄三卷終

王摩詰詩集卷之三

唐　藍田王　維　撰

宋　廬陵劉辰翁　評

五言律詩

奉和聖製賜史供奉曲江應制

侍從有鄒枚瓊筵就水開言陪柏梁宴新下建章來對酒山河滿移舟草樹迴天文同麗日駐景惜行杯

一作白

頎云乏趣

頎云藏出字有趣

早朝

柳暗百花明，春深五鳳城。城烏（一作鴉）睥睨曉，宮井轆轤聲。方朔金門侍，班姬玉輦迎。仍聞遣方士，東海訪蓬瀛。

同崔員外秋宵寓直

建禮高秋夜，承明候曉過。九門寒漏徹，萬井曙鐘多。月迥藏珠斗，雲消（一作開）出絳河。更慚衰朽質，南陌共鳴珂。

聽宫鶯

春樹繞宫墻春鶯囀曙光忽驚啼暫斷移處弄還長隱葉棲承露攀花出未央遊人應未返爲此思故鄉

一作宫鶯次第翔

和尹諫議史館山池

雲館接天居霓裳侍玉除春池百子外芳樹萬年餘洞有仙人籙山藏太史書君恩深漢帝且莫上空虛

一作靈

一作雲

頎云句内生意更細便淺促

從岐王過楊氏别業應教

楊子譚經所（一作處）淮王載酒過興闌啼鳥換（一作緩）坐久落花多徑轉迴銀燭林開散玉珂嚴城時未啓前路擁笙歌

從岐王讌衛家山池應教

座客香貂滿宮娃綺幔張澗花輕粉色山月少燈光積翠紗（一作透）窗暗飛泉繡戶涼還將歌舞出歸路莫愁長

新異

奉和楊駙馬六郎秋夜即事

高樓月似霜秋夜鬱金堂對坐彈盧女同看舞鳳凰少兒多送酒小玉更焚香結束平陽騎明朝入建章

春日上方即事

好讀高僧傳時看辟穀方鳩形將刻杖龜殼用支床柳色春山暎（一作花明）梨花夕鳥藏北窻桃李下閒（一作步）坐但焚香

總無可點自是好

自是維持頗云決非俗物可及

山居秋暝

空山新雨後，天氣晚來秋。明月松間照，清泉石上流。竹喧歸浣女，蓮動下漁舟。隨意春芳歇，王孫自可留。

山居即事

寂寞掩柴扉，蒼茫對落暉。鶴巢松徑遍，人訪蓽門稀。嫩竹含新粉，紅蓮落故衣。渡頭燈火起，處處採菱歸。

頌云極平易有點化

秋夜獨坐

獨坐悲雙鬢空堂欲二更雨中山果落燈下草蟲鳴白髮終難變黃金不可成欲知除老病惟有學無生

冬晚對雪憶胡居（一作廖）士家

寒更傳曉箭（一作催唱曉）清鏡覽（一作減）衰顏隔牖風驚竹開門（一作簾）雪滿山灑空深巷靜積素廣庭閒借問袁安舍翛然尚閉關

顧云選語已近自然

歸嵩山作

清（一作晴）川帶長薄車馬去閒閒流水如有意暮禽（一作雲）相與還荒城臨古渡落日滿秋山迢遞嵩高（一作山）下歸來且閉關

歸輞川作

谷口疎鍾動漁樵稍欲稀悠然遠山暮獨向白雲歸菱蔓弱難定楊花輕易飛東皐春草色惆悵掩柴扉

類以無情之景述無情之意復非作者所有

輞川閒居

一從歸白社不復到青門時倚簷前樹遠看原上村青菰臨水映白鳥向山翻寂寞於陵子桔槔方灌園

輞川閒居贈裴秀才迪

寒山轉蒼翠秋日水潺湲倚杖柴門外臨風聽暮蟬渡頭餘落日墟里上孤煙復值接輿醉狂歌五柳前

無言之境不可說之味不知者以爲淡易其質如此故自難及

淇上即事田園

屏居淇水上東野曠無山日隱桑柘外河明閭井間牧童望村去獵犬隨人還靜者亦何事荆扉乘晝關

終南別業

頎云自是唐人古詩不可謂律

中歲頗好道晚家南山陲興來每獨往勝事空自知行到水窮處坐看雲起時偶然值林叟談笑無（一作滯）還（迴）期

頎云開口信意無不精到

晚春嚴少尹諸公見過

松菊荒三徑圖書共五車烹葵邀上客看竹到貧家鵲乳先春早鶯啼過落花自憐黃髮暮一倍惜年華

鄭果州見過

麗（一作斜）日照殘春初晴草木新牀頭（一作前）磨鏡客花下灌園人五馬驚窮巷雙童逐老身中廚（一作厨中）辦粗飯當恕（一作常恐）阮家貧

與盧象集朱家

主人能對客，終日有逢迎。貰得新豐酒，復聞秦女箏。柳條疎客舍，槐葉下秋城。笑語且爲樂，吾將適此生。

喜祖三至留宿

門前洛陽客，下馬拂征衣。不枉故人駕，平生多掩扉。行人返深巷，積雪帶餘暉。蚤歲同袍者，高車何處歸。

黎拾遺昕裴廸見過秋夜對雨之作

促織鳴已急輕衣行向（一作尚）重寒燈坐高館秋雨聞疎鍾白法調狂象玄言問老龍何人顧蓬徑深愧求（一作半）羊蹤

待儲光羲不至

重門朝已啓起坐聽車聲要欲聞清佩方將出戶迎曉鍾鳴上苑疎雨過春城了自不相顧臨堂空復情

送元中丞轉運汎淮（一作錢起詩）

薄稅歸天府，輕徭賴使臣。歡霑賜帛老，恩及卷綃人。去問珠（一作殊）官俗，來看石劫（一作幾封）城。東南御（一作鄉）亭上，莫使（一作問）有風塵。

送李判官赴江東

聞道皇華使，方隨皂蓋臣。封章通左語，寇冕化文身。樹色分楊子，潮聲滿富春。遥知辨壁吏，恩到泣珠人。

頌云響字奇

送邢桂州

鐃吹喧京口風波下洞庭赭圻將赤岸擊汰復揚舲日落江湖白潮來天地青明珠歸合浦應逐使臣星

送梓州李使君

萬壑樹參天千山響（一作鄉音聽）杜鵑山中一夜（一作半）雨樹杪百重泉漢女輸橦（一作賨）布巴人訟芋田文翁翻教授不敢倚先賢

碩云老辣

送楊長史赴果州

褒斜不容幰之子去何之鳥道一千里猿啼十二時官橋祭酒客山木女郎祠別後同明月君應聽子規

送岐州源長史歸源與余同在崔常侍幕中時常侍已沒

握手一相送心悲安可論秋風正蕭索客散孟嘗門故驛過槐里長亭下槿原征南舊旌節從此向河源

平々寫到盡

送錢少府還藍田

草色日向好，桃源人去稀。手持平子賦，目送老萊衣。每候山櫻發，時同海燕歸。今年寒食酒，應得返柴扉。

送方城韋明府

遥思葭菼際，寥落楚人行。高鳥長淮水，平蕪故郢城。使車聽雉乳，縣鼓應雞鳴。若見州從事，無嫌手板迎。

頌云緩語妙

送丘爲往唐州

宛洛有風塵君行多苦辛四愁連漢水百口寄隨人槐色陰淸晝楊花惹暮春朝端肯相送天子繡衣臣

送丘爲落第歸江東

憐君不得意況復柳條春爲客黃金盡還家白髮新五湖三畝宅一作畝萬里一歸人一作行知爾不能薦一作稱羞稱獻納臣稱一作爲一作看

送嚴秀才還蜀

寧親爲令子似舅即賢甥別路經花縣還家入錦城山臨青塞斷江向白雲平獻賦何時至明君憶長卿

送孫秀才

帝城風日好況復建平家玉梲雙文簟金盤五色瓜山中無鷩酒松下飯胡麻莫厭田家苦歸期遠復賒

一作真 一作春 一作沽 一作紋

送崔九與宗游蜀

送君從此去轉覺故人稀徒御猶迴首田園方掩扉出門當旅食中路授寒衣江漢風流地游人何處（一作歲）歸

送崔與宗

已恨親皆遠誰憐友復稀君王未西顧游宦盡東歸塞（一作瀾）迴江河淨天長雲樹微方同菊花節相待洛陽扉

最是自得

送張五湮歸宣城

五湖千萬里況復五湖西漁浦南陵郭人家春穀溪欲歸江淼淼未到草凄凄憶昔蘭陵鎮可宜猨更啼

送崔三往密州覲省

南陌去悠悠東郊不少留同懷扇枕戀獨念倚門愁路遶天山雪家臨海樹秋魯連功未報且莫蹈滄洲

盡謝點染情思蕭然

送孫二

郊外誰（一作郜）相（一作將）送夫君道術親書生鄒魯客才子洛陽人祖席依寒草行車起暮塵山川何寂寞長望淚霑巾

送友人南歸

萬里春應盡三江鴈亦稀（一作飛）連天漢水廣孤客郢城歸郧國稻苗秀楚人菰米肥懸知倚門望遥識老萊衣（米一作葉一作菜）

無意之意

送趙都督赴代州 得青字

天官動將星漢上柳條青萬里鳴刁斗三軍出井陘忘身辭鳳闕報國取龍庭豈學書生輩窻間老一經

送劉司直赴安西

絕域陽關道胡沙與塞塵三春時有鴈萬里少行人苜蓿隨天馬蒲萄逐使臣當令外國懼不敢覔和親

一作地

一作中

一作烟

送張判官赴河西

單車曾出塞報國敢邀勲見逐張征虜今思霍冠軍沙平連白雪蓬捲入黄雲慷慨倚長劒高歌一送君

送平澹然判官

不識陽關路（一作別）新從定遠侯黄雲斷春色画角起邊愁瀚海經年到交河出塞流須令外國使知飲月支頭

兩語皆到

新意

送李員外賢郎

少年何處去負米上銅梁借問阿戎父知爲童子郎魚箋請詩賦橦布作衣裳薏苡扶衰病歸來幸可將

送張道士歸山

先生何處去王屋訪毛君一作茅別婦留丹訣驅雞入白雲人間苦難住天上復離羣當作遼東鶴仙歌使爾聞苦難一作若剩一作數剩

首四句一作別山如昨日春露已沾衣采蕨頻盈手看花空歎歸

同崔興宗送瑗公

言從石菌閣新下穆陵關獨向池陽去白雲留故山綻衣秋日裏洗鉢古松間一施傳心法惟將戒定還

留別錢起

一作晚歸藍田酬中書常舍人
一作錢起詩題云晚歸藍田酬王維給事

卑棲却得性每與白雲歸徇祿猶懷橋看花免採薇暮禽先去馬新月待開扉霄漢時迴首知音青瑣闈

留别丘爲

歸鞍白雲外，繚繞出前山。今日又明日，自知心不閒。親勞簪組送，欲趁鶯花還。一步一迴首，遲遲向近關。

過福禪師蘭若

巖壑轉微逕，雲林隱法堂。羽人飛奏樂，天女跽焚香。竹外峯偏曙，藤陰水更涼。欲知禪坐久，行路長春芳。

夏日過青龍寺謁操禪師

龍鍾一老翁，徐步謁禪宮。欲問義心義，遥知空病空。山河天眼裏，世界法身中。莫怪銷炎熱，能生大地風。

過香積寺 一作王昌齡詩

不知香積寺，數里入雲峯。古木無人徑，深山何處鍾。泉聲咽危石，日色冷青松。薄暮空潭曲，安禪制毒龍。

畧不用思

登辨覺寺

竹徑從初地蓮峯出化城窻中三楚盡林外九江

平輭草承趺坐長松響梵聲空居法雲外觀世得

無生

過感化寺曇興上人仙院

暮持筇竹杖相待虎溪頭催客聞山響歸房逐水

流埜花藂發好谷鳥一聲幽夜坐空林寂松風直

似秋

一作蓮　一作嫩　一作靜　一作上

頎云此等處本渾成但難擬作恐近淺率

游李山人所居因題屋壁

世上皆如夢狂來或自歌問年松樹老有地竹林多藥倩韓康賣門容尚子過翻嫌枕席上無那白雲何

漢江臨帆

楚塞三湘接荊門九派通江流天地外山色有無中郡邑浮前浦波瀾動遠空襄陽好風日留醉與山翁

語不必深僻清奪衆妙須云末語派蹙

泛前陂

秋空自明（一作明月）迥況復遠人間暢以沙際鶴兼之雲外山澄波澹將夕清月浩方閒此夜任孤棹夷猶殊未還

終南山

太乙近天都連山（一作天）到海隅白雲迴望合青靄入看無分野中峯變陰晴衆壑殊欲投人處宿隔水（一作浦）問樵夫

登河北城樓作

井邑傳（一作傅）巖上客亭雲霧間高城眺落日極浦暎蒼山岸火孤舟宿漁家夕鳥還寂寥天地外心與廣川閒

裴廸秀才小亭作

端居不出戶滿目望雲山落日鳥邊下秋原人外閒遥知遠林際不見此簷間好客多乘月應門莫上關

極是画意

氣槩

凉州郊外游望

野老才三戸村邉少四鄰婆娑依里社簫鼓賽田神灑酒澆芻狗焚香拜木人女巫紛屢舞羅襪自生塵

觀獵

風一作動勁角弓鳴將軍獵渭城草枯鷹眼疾雪盡馬蹄輕忽過新豐市還歸細柳營回看射鵰一作落雁處千里暮雲平

酬嚴少尹徐舍人見過不遇

公門暇日少，窮巷故人稀。偶値乘籃轝，非關避白衣。不知炊黍否，誰解掃荊扉。君但傾茶椀，無妨騎馬歸。

酬張少府

晩年惟好靜，萬事不關心。自顧無長策，空知返舊林。松風吹解帶，山月照彈琴。君問窮通理，漁歌入浦深。

酬虞部蘇員外過藍田别業不見留之作

貧居依谷口喬木帶荒村石路枉迴駕山家誰候門漁舟膠凍浦獵火燒（一作繞）寒原惟有白雲外踈鐘聞夜猿

酬比部楊員外暮宿琴堂朝躋書閣率爾見贈之作

舊簡拂塵看鳴琴候（一作俟）月彈桃（一作花）源迷漢姓松（一作樹）徑有秦官空谷歸人少青山背日寒羨君歸隱處遥望白

雲端。

酬賀四贈葛巾之作

野巾傳惠好兹貺重兼金嘉此幽棲物能高隱吏（一作[illegible]）心早朝方暫掛晩沐（一作復）更來簪坐覺塵囂遠思君共入林。

寄荆州張丞相

所思竟何在悵望深荆門舉世無相識終身思舊恩方將與農圃藝植老丘園目盡南無鴈何由寄

亦是不用一辭

一言

被出濟州

微官易得罪謫去濟川陰執政方持法明君無此心閭閻河潤上井邑海雲深縱有歸來日各愁年鬢侵

使至塞上

單車欲問邊一作銜命辭天闕單車欲向天屬國過居延征蓬出漢塞歸鴈入胡天大漠孤烟直長河落日圓蕭關逢候騎一作吏都護在

不俯仰刻畫甚有意味

燕然

晚春閨思

新妝可憐色，落日卷羅幃（一作簾），鑪氣清珍簟，墻陰上玉墀。春蟲飛網戶，暮雀隱花枝。向晚多愁思，閒窻桃李時。

過秦王墓（時年十五）

古墓成蒼嶺，幽宮象紫臺。星辰七曜隔，河漢九泉開。有海人寧渡，無春鴈不迴。更聞松韻切，疑是大

◎

夫哀

雜詩

雙燕初命子五桃初結花（一作作）王昌是東舍宋玉次西家小小能織綺時時出浣沙親勞使君問南陌駐香車

酬慕容上

行行西陌返駐幰問車公挾轂雙官騎應門五尺僮老年如塞北强起離墻東爲報壺丘子來人道

上句更好

姓業

韋給事山居

尋幽得此地詎有一人曾大壑隨階轉羣山入戶登庖廚出深竹印綬隔垂藤即事辭軒冕誰云病未能

春園即事

宿雨乘輕屐春寒着弊袍開畦分白水間柳發紅桃草際成棋局林端舉桔槹還持鹿皮几日暮隱

蓬蒿。

過崔駙馬山池

畫樓吹笛妓。金埒（一作椀）酒家胡。錦石稱貞女。青松學大夫。脫貂貰桂醑（一作酌）射鴈與山廚。聞道高陽會。愚公谷正愚。

送封太守

忽解羊頭削。聊馳熊首幡。揚舲發夏口。按節向吳門。帆映丹陽郭。楓攢赤岸村。百城多候吏。露冕一

何尊

送賀遂員外外甥

南國有歸舟荆門泝上流蒼茫葭菼外雲水與[一作同]昭丘橋帶城烏去江連暮雨愁猿聲不可聽莫待楚山秋

送宇文三赴河西充行軍司馬

横吹[一作笛]雜繁笳邉風掩塞沙還聞田司馬更逐李輕車蒲類[一作壘]成秦地莎車[一作居]屬漢家當令犬戎國朝聘學

毘耶

千塔主人

逆旅逢佳節征帆未可前窻臨汴河水門渡楚人
船雞犬散墟落桑榆蔭遠田所居人不見枕席生
雲煙

愚公谷 青龍寺與黎昕戲題三首

愚谷與誰去唯將黎子同非須一處住不那兩心
空寧問春將夏誰論西復東不知吾與子若箇是

愚公

其二

吾家愚谷裏此谷本來平雖則行無跡還能響應聲不隨雲色暗只待日光明緣底名愚谷都由愚所成

其三

借問愚公谷與君聊一尋不尋翻到谷此谷不離心行處曾無險看時豈有深寄言塵世客何處欲

歸臨

慕容承携素饌見過

紗帽烏皮几閒居懶賦詩門看五柳識年算六身知靈壽君王賜雕胡弟子炊空勞酒食饌特底解人頤

戲題示蕭氏外甥

憐爾解臨池渠爺未學詩老夫何足似弊宅倘因之蘆筍藏荷葉菱花胃鴈兒郄公不易勝莫著外

疊押名字

家歎。

故太子太師徐公挽歌四首

功德冠羣英。彌綸有大名。軒皇用風后。傅說是星精。就第優遺老。來朝詔不名。留侯常（一作嘗）辟穀。何苦不長生。

謀猷爲相國。翊贊奉乘輿。（一作宸）劍履升前殿。貂蟬託後車。齊侯疏土宇。漢室賴圖書。僻處留田宅。仍纔十項（一作畮）餘。

舊里趍庭日新年置酒辰聞詩鸞渚客獻賦鳳樓
人北闕辭明主東堂哭大臣猶思御朱輅不惜汗
車茵
久賤中台座終登上將壇誰言斷車騎空憶盛衣
冠風日咸陽慘笳簫渭水寒無人當便闕應罷太
師官

故西河郡杜太守挽歌三首

天上去西征雲中護北平生擒白馬將連破黑雕

城忽見𠕋𠕋靈苦徒聞竹使榮空留左氏傳誰繼卜
商名
返葬金符守同歸石窌棲卷衣悲畫翟持翣待鳴
雞容衛都人慘山川駟馬嘶猶聞隴上客相對哭
征西
塗𠕋去國門秘器出東園太守留金印夫人罷錦
軒旌旐轉衰木簫鼓上寒原坟樹應西靡長思魏
闕恩

故南陽夫人挽歌

錦衣餘翟茀，繡轂罷魚軒。淑女詩常在，夫人法尚存。凝笳隨曉旆，行哭向秋原。歸去將何見，誰能返戟門。

達奚侍郎夫人寇氏挽歌二首

束帶將朝日，鳴環暎牖辰。能令諫明（一作皇）主，相勸（一作助）識賢人。遺挂空留壁，迴文日覆塵。金蠶將畫柳，何處更知春。

女史悲彤管，夫人罷錦軒。卜塋占二室，行哭度千門。秋日光能淡，寒川波（一作浪）自翻。一朝成萬古，松柏暗平原。

恭懿太子挽歌五首

何悟藏環早，纔知拜璧年。翀天王子去，對日聖君憐。樹轉宮猶出，笳悲馬不前。雖蒙絕馳道，京兆別開阡。

蘭殿新恩切，椒宮夕臨幽。白雲隨鳳管，明月在龍

樓人向青山哭天臨渭水愁雞鳴常問膳令恨玉
京留
騎吹凌霜發旌旗夾路陳愷容金節護冊命玉符
新傳母悲香祿君家擁畫輪射熊今夢帝秤象問
何人
蒼舒留帝（一作四）寵子晉有仙才五歲過人智三天使鶴
催心悲陽祿館目斷望思臺若道長安近何爲更
不來

西望昆池闊東瞻下杜平山朝豫章館樹轉鳳凰城五校連旗色千門疊鼓聲金環如有驗還向畫堂生

資聖寺送甘二

此側體舊本却以入律故附之末

浮生信如寄薄宦夫何有來往本無歸別離方此受柳色藹春餘槐陰清夏首不覺御溝上銜悲執杯酒

王摩詰詩集卷之三 終

王摩詰目錄卷之四

七言律詩

和太常韋主簿五郎溫泉寓目
聽百舌鳥
勑賜百官櫻桃
酬郭給事
苑舍人能書梵字兼達梵音皆曲盡其妙戲
爲之贈
重酬苑郎中
送楊少府貶郴州

過乘如禪師蕭居士嵩山蘭若

出塞

王摩詰目錄卷之四終

須云此篇狀出題景春容典重用字深厚不見工力結歸之正足見襟度

王摩詰詩集卷之四

唐　藍田王　維　撰

宋　廬陵劉辰翁　評

七言律詩

奉和聖製（一作御）從蓬萊向興慶閣道中留春雨中春望之作

渭水自縈秦塞曲。黃山舊遶漢宮斜。（須云盛唐用字只如）鑾輿迥出仙門柳。（此不類小家）閣道迴（一作遶）看上苑花。雲裏帝城雙鳳闕。（須云畫不到）雨中春

頎云句法天成更不可易起語

樹萬人家爲乘陽氣行時令不是宸游翫（一作重）物華

大同殿生玉芝龍池上有慶雲百官共覩聖
恩便賜宴樂敢書即事

欲笑周文歌宴鎬還輕漢武樂横汾豈知玉殿生
三秀詎有銅池出五雲陌上堯樽傾北斗樓前舜
樂動南薰共歡天意同人意萬歲千秋奉聖君

勑借岐王九成宫避暑應教

帝子遠辭丹鳳闕天書遥借翠微宫隔窻雲霧生

敘事從容曲盡下體便見九成物結乃貴詩便成收束

前四句帖子語頗不癡重

璘云右丞此篇直與老杜頡頏後惟岑參及之他皆不及蓋氣槩濶大音律雄渾句法典重用字清新無所不備故也或猶未全美以用衣服字太多耳

璘云此篇鋪寫景象雄渾富麗造作

衣上卷幔山泉入鏡中林下水聲喧笑語巖間樹色隱房櫳仙家未必能勝此何事吹簫向碧空

和賈舍人早朝大明宮之作

絳幘雞人送曉籌（一作報）尚衣方進翠雲裘九天閶闔開宮殿萬國衣冠拜冕旒日色纔臨仙掌動香煙欲傍袞龍浮朝罷須裁五色詔珮聲歸到鳳池頭

和太常韋主簿五郎溫泉寓目

漢主離宮接露臺秦川一半夕陽開青山盡是朱

句律溫厚深長皆足爲法

旗繞碧澗翻從玉殿來新豐樹裏行人度小苑城邊獵騎迴閒道甘泉能獻賦懸知獨有子雲才

聽百舌鳥

上蘭門外草凄凄未央宫中花裏栖亦自相隨過御苑不知若箇向金堤入春解作千般語拂曙能先百鳥啼萬户千門應覺曉建章何必聽鳴雞

敕賜百官櫻桃

芙蓉闕下會千官紫禁朱櫻出上蘭總是寢園春

二〇〇

傾云清渠結中下字乃見盛唐温厚右丞善作富麗語自其胸懷本色開口便是結語深厚作者少及

薦後非關御苑鳥啣殘歸鞍競帶青絲籠中使頻傾赤玉盤飽食不須愁一作憂內熱大官還有蔗漿寒

酬郭給事

洞門高閣靄餘暉桃李陰陰柳絮飛禁裏疎鐘客舍晚省中啼鳥吏人稀晨搖玉珮趨金殿夕奉丹書拜瑣闈強欲從君無奈老將因臥病解朝衣

苑舍人能書梵字兼達梵音皆曲盡其妙戲爲之贈

名儒侍詔滿公車才子爲郎典石渠蓮華法藏心
懸悟貝葉經文手自書楚（一作歲）辭共許勝楊馬梵字何
人辨魯魚故舊相望在三字願君莫厭承明廬

重酬苑郎中并序

傾輒奉贈忽枉見酬敘末云且久不遷因
而嘲及云落句云應同羅漢無名欲故作
馮唐老歲年亦解嘲之意也

何幸含香奉至尊多慚未報主人恩草木盡能酬

頎云此篇述遷謫之時覺逼黯益遠所遇景物皆成愁寂已善賦矣臨結又用一故寔蓄激公案用意忠厚其味深長他作所無又云不沾惹君上語覺忠厚

雨露榮枯安敢問乾坤仙郎有意憐同舍丞相無私斷掃門楊子解嘲徒自遣馮唐已老復何論

送楊少府貶郴州

明到衡山與洞庭若爲秋月聽猿聲愁看北渚三湘近（一作遠）惡說南風五兩輕（頎云自在）青草瘴時過夏口白頭浪裏出湓城長沙不久留才子賈誼何須弔屈平

送方尊師歸嵩山

仙官欲往（一作住）九龍潭毛節朱旛倚石龕山壓天中半

天上洞穿江底出江南瀑布松杉常帶雨夕陽彩（一作蒼）
翠忽成嵐借問迎來雙白鶴已曾衡岳送蘇躭

既蒙宥罪旋復拜官伏感聖恩竊書鄙意兼
奉簡新除使君等諸公

忽蒙漢詔還冠冕始覺殷王解網羅日比皇明猶
自暗天齊聖壽未云多花迎喜氣皆知笑鳥識歡
心亦解歌聞道北城新佩印還來雙闕共鳴珂

酌酒與裴迪

碩云此篇似有朋友反覆為訌譖者或小人讒沮之類故為此以解之云耳草色花枝固是時景然亦托喻小人冒寵君子頗危耳

酌酒與君君自寬人情反覆似波瀾白首相知猶按劒朱門先達笑彈冠草色全（一作輕）經細雨濕花枝欲動春風寒世事浮雲何足問不如高臥且加餐

碩云可畏

早秋山中作

無才不敢累朙時思向東溪守故籬豈（一作不）厭尚平婚嫁早却嫌陶令去官遲草間蛩（一作虫）韻臨秋急山裏蟬鳴薄暮悲寂寞柴門人不到空林獨與白雲期

積雨輞川莊作

寫景自然造意又
極辛苦
頸云結語用莊子
忘机之事無迹此
詩首述田家時景
次述已志空洵末
寫事实又嘆俗人
之不知已也東坡
云摩詰詩中有画
画中有詩者此耳

積雨空林煙火遲烝藜炊黍餉東菑漠漠水田飛
白鷺陰陰夏木囀黄鸝山中習靜觀朝槿松下清
齋折露葵野老與人爭席罷海鷗何事更相疑

輞川別業

不到東山向一年歸來纔及種春田雨中草色綠
堪染水上桃花紅欲然優婁比丘經論學傴僂丈
人鄉里賢披衣倒屣且相見相歡笑語衡門前

春日與裴迪過新昌里訪吕逸人不遇

青山流水自在頭云峽藹似不經意然結語奇突不失盛唐又云信手拈來頭頭是道不可因其真率畧其雅逸也

桃源四面（一作面面）絕風塵柳市南頭訪隱淪到門不敢題凡鳥看竹何須問主人城外青山如屋裏東家流水入西隣閉戶著書多歲月種松皆作老龍鱗

過乘如禪師蕭居士嵩山蘭若

無着天親弟與兄嵩丘蘭若一峯晴食隨鳴磬巢鳥下行踏空林落葉聲迸水定侵香案濕雨花應共石床平深洞長松何所有儼然天竺古先生

出塞 時為監察使塞上作

居延城外獵天驕白草連天野火燒暮雲空磧時驅馬秋日平原好射雕護羌校尉朝乘障破虜將軍夜渡遼玉靶角弓珠勒馬漢家將賜霍嫖姚

王摩詰詩集卷之四 終

王摩詰目録卷之五

五言排律

贈東岳焦鍊師

贈焦道士

投道一禪師蘭若宿

山中示弟

韋侍郎山居

田家

過盧員外宅看飯僧共題七韻

濟州過趙叟家宴

王摩詰目録卷之五終

顧云洗濯精采

王摩詰詩集卷之五

唐　藍田王　維　撰

宋　廬陵劉辰翁　評

五言排律

奉和聖製幸玉眞一作宵非公主山莊因題石壁十韻之作應制

碧落風煙外。瑶臺道路賒。如何連帝苑。別自有仙家。比地迴鑾駕。緣溪轉翠華。洞中開日月。窗裏發

顧云澗大

雲霞庭養冲天鶴溪流上漢槎種田生白玉泥竈化丹砂谷静泉逾響山深日易斜御羹和石髓香飯進胡麻大道今無外長生詎有涯還瞻九霄上來往五雲車

奉和聖製上巳於望春亭觀禊飲應制

長樂青門外宜春小苑東樓開萬戶上輦過(一作入向)百花中畫鷁移仙妓(一作仗)金貂立上公清歌邀落日妙(一作妍)舞向春風渭水明秦甸黃山入漢宫君王來祓禊灞滻

亦朝宗

奉和聖製暮春送朝集使歸郡應制

萬國仰宗周衣冠拜冕旒玉乘迎大客金節送諸侯祖席傾三省褰帷向九州楊花飛上路槐色蔭通溝來預鈞天樂歸分漢主憂宸章類河漢垂象滿中州

三月三日勤政樓侍宴應制

綵仗連霄合瓊樓拂曙通年光三月裏宮殿百花

若用禮記鹿女艸

中不數秦王日誰將洛水同酒筵嫌落絮舞袖怯春風天保無爲德人歡不戰功仍臨九衢宴更達四門聰

遊化感寺

翡翠香煙合瑠璃寶殿平龍宮連褾宇虎穴傍簷楹谷靜唯松響山深無鳥聲瓊峯當戶拆金澗透林鳴郢路雲端逈秦川雨外晴鴈王銜果獻鹿女

一作鳳非

踏花行抖擻辭貧里皈依宿化城繞籬生野蕨空

自然好
頃云不爲甚巧
又云近拙

館發山櫻香飯青菰米嘉蔬綠（一作紫筍莖）芋羹誓陪清梵末
端坐學無生

曉行巴峽

際曉投巴峽餘春憶帝京晴江一女浣朝日衆雞（一作鳥）
鳴水國舟中市山橋樹（一作杪）上行登高萬井出眺迴二
流明人作殊方語（作欣）鶯爲舊國聲賴諳山水趣稍解
別離情

送秘書晁監還（一作歸）日本國

九州用騶忌語頌云送日本無過之者

積水不可極安知滄海東九州何處遠萬里若乘空向國惟看日歸帆（一作途）但信風鰲身映天黑魚眼射波紅獨樹扶桑外主人孤島中別離方異域音信若爲通

送李太守赴上洛

商山包楚鄧積翠靄沈沈驛路飛泉灑關門落照深野花開古戍行客響空林板屋春多雨山城晝欲陰丹泉通虢略白羽抵荆岑若見西山爽應知

黃綺心

過沈居士山居哭之

楊朱來此哭桑扈返於眞獨自成千古依然舊四鄰閑簷喧鳥雀故榻滿埃塵曙月孤鶯囀空山五柳春野花愁對客泉水咽迎人善卷明時隱黔婁在日貧逝川嗟爾命丘井歎吾身前後徒言隔相悲詎歲晨

春日直門下省早朝

騎省直明光雞鳴謁建章遥聞侍中佩暗識令君
香玉漏隨（一作催）銅史天書拜（一作開）夕郎旌旗暎閶闔歌吹滿
昭陽官舍梅初紫宫門柳欲黄願將遲日意同與
聖恩長

奉和聖製慶玄元皇帝玉像之作應制

明君夢帝先寶命上齊天秦后徒聞樂周王耻上
年玉京移大像金籙會羣仙承露調天供臨空敞
御筵斗迴迎壽酒山近起爐烟願奉無爲化齋心

學自然。

奉和聖製與太子諸王三月三日龍池春禊應制

故事修春禊，新宮展豫游。明君移鳳輦，太子出龍樓。賦掩陳王作，杯如洛水流。金人來捧劍，畫鷁出（一作去）迴舟。苑樹浮宮闕，天池照冕旒。宸章在雲（一作漢）表，垂象滿皇州。

三月三日曲江侍宴應制（一本江下有樓字）

萬乘親齋祭，千官喜豫游。奉迎從上苑，祓禊向中流。草樹連容衛，山河對冕旒。畫旗摇浦溆，春服滿汀洲。仙籞（一作樂）龍媒下，神皋鳳蹕留。從今億萬歲，天寶紹（一作紀）春秋。

奉和聖製十五夜然燈繼以酺宴應制

上路笙歌滿，春城刻漏長。遊人多晝日，明月讓燈光。魚鑰通翔鳳，龍輿出建章。九衢陳廣樂，百福透（一作逶）名香。仙妓來金殿，都人繞玉堂。定（一作止）應偷妙舞，從此

學新粧奉引迎三事司儀列萬方願將天地壽同以獻君王

奉和聖製重陽節宰臣及羣官上壽應制

四海方無事三秋大有年百生逢此日萬壽願齊天芍藥和金鼎茱萸插玳筵玉堂開右个天樂動宮懸御柳疏秋影城鴉拂曙煙無窮菊花節長奉柏梁篇

和陳監四郎秋雨中思從弟據

嫋嫋秋風動，凄凄煙雨繁。聲連鳷鵲觀，色暗鳳凰原。細柳疎高閣，輕槐落洞門。九衢行欲斷，萬井寂無喧。忽有愁霖唱，更陳多露言。平原思令弟，康樂謝賢昆。逸興方三接，衰顔强七奔。相如今老病，歸守茂陵園。

和僕射晉公扈從溫湯（時為右補闕）

天子幸新豐，旌旗渭水東。寒（一作遥）山天仗裏，溫谷幔城中。奠玉羣仙座，焚（一作爇）香太乙宮。出游逢牧馬，罷獵有

非熊上宰無爲化明時太古同靈芝之三秀紫陳粟
萬箱紅王禮一作玉醴尊儒教天兵小戰功謀猷歸哲匠詞
賦屬文宗司諫方無闕陳詩且未工長吟吉甫頌
朝夕仰清風

和宋中丞夏日游福賢觀天長寺即陳左相

宅所施之作

已相殷王國空餘尚父溪釣磯開月殿築道出雲
梯積水浮香象深山鳴白鷄虛空陳妓樂衣服製

虹霓黑點三千界丹飛六一泥桃源勿遽返再訪恐君迷

沈十四拾遺新竹生讀經處同諸公之作

閑居日清靜脩竹自檀欒嫩節留餘籜新叢出舊闌細枝風響亂踈影月光寒樂府裁龍笛漁家伐釣竿何如道門裏青翠拂仙壇

贈東岳焦鍊師

先生千歲餘五岳遍曾居遥識齊侯鼎新過王母

每作清素可貴奇

臚不能師孔墨何事問長沮玉管時來鳳銅盤即
釣魚竦身空裏語明目夜中書自有還丹（一作丹砂）術時論
太素初頻嘗露版詔時降軟輪車山靜泉逾響松
高枝轉疎支頤問樵客世上復如何

贈焦道士

海上游三岳淮南預八公坐知千里外跳向一壺
中縮地朝珠闕行天使玉童飲人聊割酒送客乍
分風天老能行氣吾（有誤）師不養空謝君徒雀躍無可

好

問鴻濛

投道一師蘭若宿

一公棲太白高頂出雲煙（一作風）梵流諸壑（一作洞）遍花雨一峯偏迹為無心隱名因立教傳鳥來還語法客去更安禪晝涉松露盡暮投蘭若邊洞房隱深竹清夜聞遥泉向是雲霞裏今成枕席前豈唯留暫宿服事將窮年

山中示弟

山林吾喪我，冠帶爾成人。莫學嵇康懶，且安原憲貧。山陰多北戶，泉水在東鄰。緣合妄相有，性空無所親。安知廣成子，不是老夫身。

別是一種

韋侍郎山居

幸忝君子顧，遂陪塵外蹤。閑花滿岩谷，瀑布映杉松。啼鳥忽臨澗，歸雲時抱峯。良遊盛簪紱，繼跡多夔龍。詎枉青門道，胡聞長樂鍾。清晨去朝謁，車馬何從容。

田家

舊穀行將盡，良田未可希。老年方愛粥，卒歲且無衣。雀乳青苔井，鷄鳴白板扉。柴車駕羸牸，草屩牧豪（一作膏）豨。多雨紅榴折，新秋綠芋肥。餉田桑下憩，旁舍草中歸。住處名愚谷，何煩（一作煩君）問是非。

過盧員外宅看飯僧共題七韻

三賢異七賢（一作壁），青眼慕青蓮。乞飯從香積，裁衣學水田。上人飛錫杖，檀越施金錢。趺坐簷前日，焚香竹

下煙寒空法雲地秋色淨居天身逐因緣法心過
次第禪不須愁日暮自有一燈然

濟州過趙叟家宴

雖與人境接閉門成隱居道言莊叟事儒行魯人
餘深巷斜暉靜閑門高柳疎荷鋤修藥圃散帙曝
農書上客遥芳翰中厨饋野蔬夫君第高飲景晏
出林閭

青龍寺曇壁上人兄院集并序

吾兒大開蘗中明徹物外以定力勝敵以惠用解嚴深居僧坊傍俯人里高原陸地下瞰芙蓉之池林竹果園中秀菩提之樹八極氛霽萬彙塵息太虛廖廓南山爲之端倪皇州蒼莽涇渭水貫於天地經行之後趺坐而閑升堂梵筵餌客香飯不起而游覽不風而清凉得世界於蓮花記文章於貝葉時江寧大兄持片石命維序之詩五

甚壯第非是招提本色

韻坐上戍

高處敞招提虛空詎有倪坐看南陌騎下聽秦城雞眇眇孤煙起芊芊遠樹齊青山萬井外落日五陵西眼界今無染心空安可迷

春過賀遂員外藥園

前年槿籬故新作藥欄成香草爲君子名花是長卿水穿盤石透藤繫古松生畫一作書畏開厨走來蒙倒屣迎蔗漿菰米飯蒟醬露葵羮頗識灌園意於陵

不自輕

河南嚴尹弟見宿獘廬訪別人賦十韻

上客能論道吾生學養蒙貧交世情外才子古人中寇上方矕（一作安）豸車邊已畫熊拂衣迎五馬番手憑雙童花醥（一作醴）和松屑茶香透竹叢薄霜澄夜月殘雪帶春風古壁蒼苔黑寒山遠燒紅眼看東候別心事北山（一作州）同爲（一作若）學輕先輩何能訪老翁欲知今日後不樂爲車公

送禰郎中（一作徐）

東郊春草色驅馬去悠悠況復鄉山外猿啼湘水流島夷傳露坂江館候鳴騶卉服爲諸吏珠官拜本州孤鶯吟遠墅野杏發山郵早晚方歸奏南中纔忌秋

送熊九赴任安陽

魏國應劉後寂寥文雅空漳河如舊日之子繼清風阡陌銅臺下閭閻金虎中送車盈灞上輕騎出

關東相去千餘里西園明月同

游悟眞寺

聞道黃金地仍開白玉田擲山移巨石呪嶺出飛泉猛虎同三徑愁猿學四禪買香然綠桂乞火踏青蓮草色搖霞上松聲泚月邊山河窮百二世界滿三千梵宇聊憑視（一作平覽）王城遂渺然灞陵纔出樹渭水欲連天遠縣分（一作朱）諸郭孤村起白煙望雲思聖主披霧憶羣賢薄宦慚尸素終身擬尚玄誰知草庵

客舍和栢梁篇

與蘇盧二員外期遊方丈寺而蘇不至因有是作

共仰頭陀行能忘世諦情迴看雙鳳闕相去一牛鳴法向空林說心隨寶地平手巾花氎淨香帔稻畦成聞道邀同舍相期宿化城安知不來往翻得（一作以）似無生（得）

賦得清如玉壺氷　京兆府試時年十九歲

藏氷玉壺裏氷水類方諸未共銷丹日還同照綺（一作玉壺何用好偏許素氷居）
疏抱明中不隱會靜外疑虛氣似庭霜積光言砌
月餘曉凌飛鵲鏡宵暎聚螢書若向夫君比清心（一作若向貪夫比貞心定不如）
尚不知（如）

雜詩（與五律絶句多少疑有誤也）

朝因折楊柳相見洛陽隅楚國無如妾秦家自有
夫對人傳玉腕暎燭解羅襦人見東方騎皆言夫
婿殊持謝金吾子煩君提玉壺

上張令公

珥筆趍丹陛垂璫上玉除步簷青瑣闥方幰畫輪車市閱千金字朝開五色書致君光帝典薦士滿公車伏奏回金駕横經重石渠從兹罷角抵且復幸儲胥天統知堯後王章笑魯初匈奴遥俯伏漢相儼簪裾賈生非不遇汲黯自堪疎學易思求我言詩或起予嘗從大夫後何惜隷人餘

哭褚司馬

妄識皆心累浮生定死媒惟言老龍吉未免伯牛
災故有求仙藥仍餘遁俗杯山川秋樹苦窻戸夜
泉哀尚憶青騾去寧知白馬來漢臣修史記莫蔽
褚生才

哭祖六自虛 時年十八

否極嘗聞泰嗟君獨不然憫凶纔稚子羸疾主中
年餘力文章秀生知禮樂全翰留天帳覽詞入帝
宮傳國訝終軍少人知賈誼賢公卿盡虛左朋識

共推先不恨依窮轍終期濟巨川才雄望羔鴈壽
促背貂蟬福善聞前錄殲良昧上玄何辜鎩鸞翮
何事與龍泉鵩起長沙賦麟終曲阜編城中君道
廣海内我情偏乍失疑猶見沈思悟絶緣生前不
忍別死後向誰宣爲此情難盡彌令憶更纏本家
清渭曲歸葬舊塋邊永去長安道徒聞京兆阡旌
車出郊甸鄉國隱雲間定作無期別寧同昔日旋
候門家族苦行路國人憐送客哀終進征途泥復

前贈言爲挽曲奠席是離筵念昔同携手風期不暫捐南山俱隱逸東路類神仙未審音容間那堪生死遷花時金谷飲月夜竹林眠滿地傳都賦傾朝看藥船羣公咸屬目微物敢齊肩謬合同人旨而將玉樹連不期先掛劒長恐後施鞭爲善吾無矣知音子絕焉琴聲縱不没終亦斷悲絃

過太乙觀賈生房

昔余棲遁日之子煙霞鄰共攜松葉酒俱篸竹皮

巾攀林徧雲洞採藥無冬春謬以道門子徵爲驂
御臣常恐丹液就先我紫陽賓夭促萬塗盡哀傷
百慮新蹟峻不容俗才多反累眞泣對雙泉水還
山無主人

王摩詰詩集卷之五終

王摩詰目錄卷之六

五言絶句

輞川集二十首

孟城坳

華子岡

文杏館

斤竹嶺

鹿柴

木蘭柴

茱萸沜

宮槐陌

臨湖亭

南垞

欹湖

柳浪

欒家瀨

金屑泉

白石灘

北垞

竹里館

辛夷塢

漆園

椒園

息夫人

答裴廸

贈韋穆十八

別輞川別業

崔九弟欲往南山馬上口號與別

題友人雲母障子

崔興宗寫眞詠

山茱萸

哭孟浩然

太平詞二首
送春辭
書事
塞上曲
隴上行
閨人贈遠五首
紅牡丹
左掖梨花

王摩詰目錄卷之六終

王摩詰詩集卷之六

唐　藍田王維　撰
宋　廬陵劉辰翁　評

五言絶句

輞川集有序

予別業在輞川山谷，其遊止有孟城坳、華子岡、文杏館、斤竹嶺、鹿柴、木蘭柴、茱萸沜、宮槐陌、臨湖亭、南垞、欹湖、柳浪、欒家瀨、金

肩泉白石灘北垞竹里館辛夷塢漆園椒園等與裴迪閒暇各絕句云爾

孟城坳

新家孟城口古木餘衰柳來者復爲誰空悲昔人有

復歎二語如此俯仰廣遠不可得

華子岡

頤云詞古興高幽澀有味無出此者

飛鳥去不窮連山復秋色上下華子岡惆悵情何極

蕭然更歎無言

無言而有画意顧云峡篇寫出幽深之景

文杏館

文杏裁爲梁香茅結爲宇不知棟裏雲去作人間雨

斤竹嶺

檀欒暎空曲青翠漾漣漪暗入商山路樵人不可知

鹿柴（去聲）

空山不見人但聞人語響返景入深林復照青苔（一作莓）

猶是鹿柴之餘

上

木蘭柴

秋山斂餘照飛鳥逐前侶彩翠時分明夕嵐無處所

茱萸沜

結實紅且綠復如花更開山居儻留客置此芙蓉杯

宮槐陌

仄徑蔭宮槐幽陰多綠苔應門但迎掃畏有山僧來

臨湖亭

輕舸迎上客（一作仙）悠悠湖上來當軒對尊酒四面芙蓉開

南垞

輕舟南垞去北垞淼難卽隔浦望人家遙遙不相識

領云此景常有人多不覯

歙湖

吹簫凌極浦，日暮送夫君。湖上一回首，青山卷白雲。

柳浪

行分接綺樹，倒影入清漪。不學御溝上，春風傷別離。

欒家瀨

颯颯秋雨中，淺淺石溜瀉。跳波自相濺，白鷺驚復

唯幽人識得

下

金屑泉

日飲金屑泉少當千餘歲翠鳳翊文螭羽節朝玉帝

白石灘

清淺白石灘綠蒲向堪把家住水東西浣沙明月下

北垞

頎云一時清興適與景會

其意不欲着一字漸可語禪

北垞湖水北雜樹暎朱欄逶迤南川水明滅青林端

竹里館

獨坐幽篁裏彈琴復長嘯深林人不知明月來相照

辛夷塢

木末芙蓉花山中發紅蕚澗戶寂無人紛紛一作絲絲開且落

便在謝東山䓁口語皆成高韻

漆園

古人非傲吏。自闕經世務。一作倨 惟寄一微官。婆娑數株樹。

首首素淨

椒園

桂尊迎帝子。杜若贈佳人。椒漿奠瑤席。欲下雲中君。一作身

正爾悽恻得人

息夫人 時年二十

莫以今時寵。一作覩 能忘舊日恩。看花滿眼淚。一作目 不共楚王

頎云只歎一楚字便有無窮悲怨

頎云渾涵

頎云詠婕妤而猶爲含嚬希寵之態似非婕妤本相

言。（能忘一作寧無一作寧忘）

班婕妤三首

宮殿生秋草。君王恩（一作寵）幸疎。那堪聞鳳吹（一作管）門外度金輿。

其二

玉窗螢影度。金殿人聲絕。秋夜守羅幃。孤燈耿不滅。

其三

語皆不刻而近

頎云三詩皆淡中含情

與時有洛陽人皆費辭說

惟來妝閣閉朝下不相迎總向春園裏花間笑語聲

雜詩

已見寒梅發復聞啼鳥聲愁心視春草畏向玉階生

其二

家住孟津河門對孟津口常有江南船寄書家中否

詩中有画

其三

君自故鄉來，應知故鄉事。來日綺窻前，寒梅着花未。

山中

荆溪白石出，天寒紅葉稀。山路元無雨，空翠濕人衣。

聞裴廸秀才吟詩因戲贈

猨吟一何苦，愁朝復愁夕。莫作巫峽聲，腸斷秋江

客

臨高臺送黎拾遺

相送臨高臺川原杳何極日暮飛鳥還行人去不息

山中寄諸弟

山中多法侶禪誦自爲羣城郭遥相望惟應禮白雲

從軍行

戈甲從軍久風雲識陣難今朝韓信計日下斬成安

其二

燕頷多奇相狼頭敢犯邊寄言班定遠正是立功年

遊春曲

萬樹江邊杏新開一夜風滿園深淺色照在綠波中

古今斷腸理不在多
顧云古語欗棻

其二

上苑何窮樹花開次第新香車與絲騎風靜亦生塵

江上贈李龜年

紅豆生南國秋來發幾枝贈君多採擷此物最相思

送別

山中相送罷日暮掩柴扉春草年年綠一作明年綠王孫歸不

皆非着意頎云所謂情真者又云何限清逆

語調並高

歸

皇甫嶽雲谿雜題五首

鳥鳴磵

人閑桂花落夜靜春山空月出驚山鳥時鳴春磵中

上平田

朝耕上平田暮耕上平田借問問津者寧知沮溺賢

每〻靜意言之偶然

蓮花塢

日日採蓮去洲長多暮歸弄篙莫濺水畏濕紅蓮衣

鸕鷀堰

乍向紅蓮沒復出清浦颺獨立何褵褷銜魚古查上

萍池

春池深且廣會待輕舟迴靡靡綠萍合垂楊復掃

淡淡有情

開。

須云王公輞川諸詩近事淺語發于天然郊島輩十駕何用

答裴迪

淼淼寒流廣。蒼蒼秋雨晦。君問終南山。心知白雲外。

贈韋穆十八

與君青眼客。共有白雲心。不向東山去。日令春草深。

別輞川別業

依遲動車馬惆悵出松羅忍別青山去其如綠水何

崔九弟欲往南山馬上口號與別

城隅一分手幾日還相見山中有桂花莫待花如霰

題友人雲母障子 時年十五

君家雲母障時向野庭開自有山泉入非因采畫來

崔興宗寫眞詠

畫君年少時，如今君已老。今時新識人，知君舊時好。

山茱萸

朱實山下開，淸香寒更發。幸有叢桂花，窻前向明月。

哭孟浩然

一作故人今不見日夕漢江流

故人不可見，漢水日東流。借問襄陽老，江山空蔡州。

太平詞二首

風俗今和厚。君王在穆清。行看探花曲。盡是奏階平。

其二

聖德超千古。皇威靜四方。蒼生今息戰。無事覺時長。

送春辭

日日人空老年年春更歸相歡在樽酒不用惜花飛

書事

輕陰閣小雨深院晝慵開坐看蒼苔色欲上人衣來

塞上曲

天驕遠塞行出鞘（一作鞘裡）寶刀鳴定是酬恩日今朝覺命輕

其二

塞虜常爲敵邊風巳報秋平生多志氣箭底覓封候

隴上行

負羽到邊州鳴笳度隴頭雲黄知塞近草白見邊秋

閨人贈遠五首

花明綺陌春柳拂御溝新爲報遼陽客一作東流芳一作光不待

人。

其二

遠戍功名薄。幽閨年貌傷。妝成對春樹。不語淚千行。

其三

啼鶯（一作鶯啼）綠樹深。語燕（一作燕語）雕梁晩。不省出門行。沙場知近遠。

其四

形影一朝别煙波千里分君看望君處秖是起行雲

其五

洞房今夜月如練復如霜爲照離人恨亭亭到曉光

紅牡丹

綠艷開且靜紅衣淺復深花心愁欲斷春色豈知心

無一語可俗

左掖梨花

閒灑堦邊草，輕隨箔外風。黃鸎弄不足，嗛入未央宮。

六言絕句

田園樂七首

厭見千門萬戶，經過北里南鄰。（一作蹀躞）官府鳴珂有底，崆峒散髮何人。

再見封侯萬戶，立談賜璧一雙。詎勝耦耕南畝，何

頎云首首如畫

如高臥東窻

採菱渡頭風急（一作起）策杖村西日斜杏樹壇邊漁父桃花源裏人家

萋萋春草秋碧落落長松夏寒牛羊自歸村巷童稚不識衣冠

山下孤煙遠村天邊獨樹高原一瓢顔回陋巷五柳先生對門

桃紅復含宿雨柳綠更帶春（一作朝）煙花落家僮未掃鳥

啼山客猶眠。
酌酒會臨泉水。抱琴好倚長松。南園露葵朝折。西
舍黄粱夜春。

王摩詰詩集卷之六終

王摩詰目錄卷之七

七言絶句

送韋評事
少年行
塞下曲
贈裴旻將軍
送沈子福歸江東
菩提寺禁裴廸來相看說逆賊等擬碧池上
作音樂供奉人等舉聲便一時淚下私成
口號誦示裴廸

贈遠
閨人春思
戲題輞川别業
送王尊師歸蜀中拜掃
靈雲池送從弟
劇嘲史寰
凉州賽神
哭殷遥

歎白髮

王摩詰目錄卷之七終

更蔿首絕句亦無復近古今第一矣頃云後人所謂陽関三疊名下不虛

王摩詰詩集卷之七

唐　藍田王　維　撰
宋　廬陵劉辰翁　評

七言絕句

送元二使安西

渭城朝雨裛輕塵，客舍青青柳色新。一作依依楊柳春勸君更盡一杯酒，西出陽關無故人。

寄河上段十六

容易盡情舊未有峽

與君相見即相親聞道君家在孟津爲見行舟試借問客中時有洛陽人

頊云真意所發忠厚藹然
又云實故難

送別

送君南浦淚如絲君向東周一作州使我悲爲報故人憔悴盡如今不似洛陽時

九日憶東山兄弟 維年十七時作

獨在異鄉爲異客每逢佳節倍思親遥知兄弟登高處徧插茱萸少一人

顧云此對結體也最要意盡否則半截詩矣

送蕩野興甚濃

寒食汜上作

廣武城邊逢暮春汶陽歸客淚霑巾落花寂寂啼山鳥楊柳青青渡水人

戲題盤石

可憐盤石（一作磐）鄰（一作臨）泉水復有垂楊拂酒杯若道春風不解意何因（一作因何）吹送落花來

送韋評事

欲逐將軍取右賢沙場走馬向居延遥知漢使蕭

關外愁見孤城落日邊

少年行

出身仕漢羽林郎初隨驃騎戰漁陽孰知不向邊
庭苦縱死猶聞俠骨香
一身能擘（一作臂）兩雕弧虜騎千（一作群）重只似無偏坐金鞍調
白羽紛紛射殺五單于
新豐美酒斗十千咸陽遊俠多少年相逢意氣爲
君飲繫馬高樓垂柳邊

漢家君臣歡宴終高義雲臺論戰功天子臨軒賜
侯印將軍佩出明光宮

塞下曲

辛勤幾出黃花戍迢遞初隨細柳營塞晚每愁殘
月苦邊秋更逐斷蓬驚
年少辭家從冠軍金裝寶劒去邀勳不知馬骨傷
寒水唯見龍城起暮雲

贈裴旻將軍

腰間寶劍七星文臂上琱弓百戰勲見說雲中擒
黠虜始知天上有將軍

送沈子福歸江東

楊柳渡頭行客稀罟師蕩槳向臨圻唯有相思似
春色江南江北送君歸

菩提寺禁裴迪來相看說逆賊等凝碧池上
作音樂供奉人等舉聲便一時淚下私成口
號誦示裴迪

白眼亦如鍾會與嵇康

萬戶傷心生野煙百官何日再朝天秋槐葉（一作花）落空
宮裏凝碧池頭奏管絃

與盧員外象過崔處士興宗林亭

綠樹（一作林）重陰蓋四鄰（一作晃甚）青苔日厚自無塵科頭箕踞長
松下白眼看他世上人

秋思

網（一作綠）軒涼吹動輕衣夜聽更（一作長）生玉漏稀月渡天河光
轉濕鵲驚秋樹葉頻飛

宮連太液見蒼波暑氣微清秋意多一夜輕風蘋
末起露珠翻盡滿池荷

秋夜曲

丁丁漏水夜何長漫漫輕雲露月光秋壁闇蟲通
夕響寒衣未寄莫飛霜
桂魄初生秋露微輕羅已薄未更衣銀箏夜久殷
勤弄心怯空房不忍歸

從軍辭

◎

旄頭夜落捷書飛來奏金門著賜衣白馬將軍頻破敵（一作銷）黃龍戍卒幾時歸

遊春辭

曲江絲柳變煙條寒谷冰隨暖氣銷纔見春光生綺陌巳聞清樂動雲韶

經過柳陌與桃溪尋逐春光着處迷鳥度時時銜絮起花繁衮衮壓枝低

雜詩（一作伊州歌第一疊）

秋風明（一作朗）月苦相思（一作獨離居）蕩子從軍十載餘征人去日慇
勤囑歸鴈來時數附（一作寄）書

獻壽詞

宮殿（一作觀）參差列九重祥雲瑞氣捧堦濃微臣欲獻唐
堯壽遥指南山對袞龍

平戎辭

太白秋高助漢兵長風夜卷虜塵清男兒解却腰
間劒喜見從王道化平

卷旆生風喜氣新早持龍節靜邊塵漢家天子圖麟閣身是當今第一人

贈遠

當年只自(一作見)守空帷夢見關(一作江)山覺別離不見鄉書傳鴈足唯看新月吐蛾眉

厭攀楊柳臨青閣閑採芙渠傷碧潭走馬臺邊人不見拂雲堆畔戰初酣

閨人春思

愁見遥空百丈絲（一作游）春風挽斷更傷離閑花落盡青苔地盡日無人誰得知

戲題輞川別業

柳條拂地不須折松枝披雲從更長藤花欲暗藏猱子柏葉初齊養麝香

送王尊師歸蜀中拜掃

大羅天上神仙客濯錦江頭花柳春不爲碧雞稱使者唯令白鶴報鄉人

靈雲池送從弟

金杯緩酌清歌轉畫舸輕移艶舞迴自歎鶺鴒臨水別不同鴻鴈向池來

劇嘲史寰

清風細雨濕梅花驟馬先過碧玉家正值楚王宮裏至門前初下七香車

涼州賽神　時為節度判官在涼州作

涼州城外少行人百尺峯頭望虜塵健兒擊鼓吹

羌笛共賽城東越騎神

哭殷遥

送君返葬石樓山松柏蒼蒼殯馭還埋骨

巳矣空餘流水向人間

歎白髮

宿昔朱顏成暮齒須臾白髮變垂髫一

心事不向空門何處銷

王摩詰詩集卷之七終

右丞詩集其兄宰相縉所進者本云十卷乃舊本蜀本俱止六卷惟近錫山顧氏本亦十卷然題以類分非其舊已今劉本亦七卷攷縉表云詩筆十卷豈并文賦他作之類爲十耶兹卷悉因劉從所校也文賦諸篇劉無評語及餘人和章劉本所無故俱不贅及然劉評諸家於右丞差簡晚復得顧司空華玉所評益之亦如欲吉之於襄陽兩賢故堪對壘爲可

吳興淩濛初識

侄毓椿校